Jessica Ravenwood

Der Fluch des

Blutes

Überarbeitete Neuauflage 2021

Inhalt

Der Fluch des Blutes	7
Wie verkuppelt man seine beste Freundin mit einem Vampir?	75
Die Jagd	95
Rubinstern	107
Begierde	167

Bloody Kisses
Jessica Ravenwood

Bibliografische Information der Deutschen Nationalbibliothek:
Die Deutsche Nationalbibliothek verzeichnet diese Publikation in der Deutschen Nationalbibliografie; detaillierte bibliografische Daten sind im Internet über http://dnb.dnb.de abrufbar.

Überarbeitete Neuauflage 2021
Copyright © Jessica Ravenwood 2017
Alle Rechte vorbehalten.
Originalcover:
https://pixabay.com/de/kuss-liebe-ohne-kleidung-nackt-1434728/
Lektorat:
Lektorat Steigenberger
https://www.lektoratsteigenberger.de/

Herstellung und Verlag:
BoD – Books on Demand,
Norderstedt
ISBN Nr. 9783741276316

http://jessicaravenwood.jimdo.com/

Der Fluch des Blutes

Die Macht der Liebe ist das stärkste Band, das zwei Menschen miteinander verbindet. Die Liebe macht uns glücklich und gibt uns die Kraft, alle Höhen und Tiefen gemeinsam zu überwinden. Meist verfliegt die Liebe nur allzu schnell, doch manchmal überdauert sie sogar den Tod!

*

Mit diesen Worten begannen die ersten Zeilen meines Romans ‚*Der Fluch des Blutes*'. Es wurde ein Bestseller und wurde gerade verfilmt. Die Geschichte, die mich bis in meine Träume verfolgt hatte, handelt von der Liebe des Grafen de Girardon zu Constance de Cotte. Zwei Jahre hatte es gedauert bis ich meinen Roman endlich zu Papier gebracht hatte. Lassen Sie mich Ihnen wenig über die Handlung des Romans erzählen:

Ausschnitt aus: Der Fluch des Blutes

Paris im Jahr 1669.

Der Graf und Constance waren unsterblich ineinander verliebt, doch ihre Verbindung stand unter keinem guten Stern. Ihre Familien waren seit Jahren verfeindet, und Constance war bereits einem anderen Mann versprochen. Niemand durfte etwas von ihrer Verbindung erfahren. Heimlich trafen sie sich in einer alten Klosterruine mitten in den dichten Wäldern. Niemand sonst betrat freiwillig diesen düsteren Ort, in dem angeblich Teufel und Dämonen ihr Unwesen trieben.

Das Glück der beiden währte jedoch nicht lange. Die Vermählung von Constance mit einem reichen Freund ihres Vaters rückte immer näher. Gemeinsam beschlossen die Verliebten zu fliehen. Sie wollten Frankreich verlassen und ein neues Leben beginnen. In der Nacht ihrer geplanten Flucht wartete der Graf jedoch vergebens auf seine Geliebte.

Ihre Liebe war verraten worden.

Der Graf war verzweifelt. In seiner Hilflosigkeit wandte er sich an eine alte Zauberin. Er wollte und konnte seine Liebe nicht aufgeben. Nichts und niemand sollte ihn und Constance je trennen. Ihre Liebe sollte über den Tod hinaus bestehen. So ließ er seine Liebe durch ein blutiges Ritual besiegeln.

Der Hass von Constances Vater auf den Grafen war so groß, dass er Männer anheuerte, die den Grafen töten sollten. In einer mondlosen Nacht geriet er in einen Hinterhalt und wurde feige ermordet. Doch das unheilvolle Ritual der Zauberin zeigte Wirkung und ließ den Grafen aus dem Grab zurückkehren. Fortan war seine Liebe zu Constance an den Fluch des Blutes gebunden. Der Graf kehrte zurück als Untoter, als blutsaugender Vampir.

Von Rache getrieben, richtete er ein schreckliches Blutbad unter seinen Mördern an. Er suchte Constances Vater auf, und als ihm dieser ihren Aufenthaltsort nicht offenbaren wollte, tötete er ihn auf grausame Weise. Der Blutdurst des Grafen war fortan ebenso groß wie seine Liebe zu Constance.

Im Hause ihres toten Vaters fand er schließlich Hinweise auf ihren Aufenthaltsort, und machte sich auf, sie zu holen.

Doch er kam zu spät.

Als Constance von seiner Ermordung erfahren hatte, hatte sie sich das Leben genommen. In ihrer Verzweiflung wählte sie den Tod in den Fluten.

Der Graf war außer sich. Erfüllt von blindem Hass tötete er brutal und ohne jedes Erbarmen. Er war ein auf Rache sinnender Vampir, mit einer unsterblichen Seele.

Der Graf machte sich auf den Weg, um die Zauberin aufzusuchen. Sie, die ihn so sehr betrogen hatte. Ihr Ritual sollte ihn für immer mit seiner Liebe vereinen und sie ihm nicht entreißen. Gerade als er sie töten wollt, bat sie ihn, innezuhalten, denn seine Liebe sei noch nicht verloren.

„Ihr müsst Constances unsterbliche Seele finden und sie erneut für Euch gewinnen, dann könnt Ihr sie durch den Fluch des Blutes ebenfalls zu einem Vampir machen. Es wird einige Zeit dauern, bis ihre Seele wiedergeboren wird und bis sie herangewachsen ist. Es wird nicht leicht werden, sie zu finden, doch

das Blut in Euren Adern wird Euch führen", sagte die Zauberin.

Der Graf schöpfte neue Hoffnung und so machte er sich auf, seine Geliebte wiederzufinden.

*

Nie hätte ich mir träumen lassen, dass mein Buch über den Grafen ein so großer Erfolg werden würde. Ich hatte schon immer geschrieben und bereits für einen kleinen Verlag Kurzgeschichten verfasst. Ich hatte eine kleine Fangemeinde, die meine Geschichten über Vampire liebte.

Der Fluch des Blutes aber wurde innerhalb weniger Monate die Nummer eins in den Verkaufslisten. Ich konnte es nicht fassen. Ich gab Autogrammstunden, hielt Lesungen und wurde zu großen Veranstaltungen eingeladen. Meinem Freund Rene war der Trubel schon regelrecht unheimlich.

Als ich erfuhr, dass man mein Buch verfilmen wollte, war ich überglücklich. Die Hauptrollen wurden sogar mit einigen Berühmtheiten aus Hollywood besetzt. Nur die Rolle meines Grafen wurde mit einem bis dahin unbekannten, achtundzwanzigjährigen Franzosen namens André Laveran besetzt. Er war ein Naturtalent, hatte das Auftreten eines französischen Edelmanns, und etwas Mystisches schien ihm anzuhaften. Die Presse lobte ihn in den höchsten

Tönen, und er war bereits vor Drehende der große Star des Films.

Seine Ausstrahlung war atemberaubend. Er war schlank, fast zwei Meter groß und hatte langes schwarzes Haar. Doch am faszinierendsten waren seine ausdrucksstarken hellbraunen Augen. Niemand hätte meinen Grafen besser spielen können. Schon als ich ihn das erste Mal auf Fotos sah, war ich von ihm begeistert. Er war perfekt für die Rolle.

Gedreht wurde in Frankreich, Deutschland, Tschechien und schließlich in Paris, wo ich endlich auch die Zeit fand, den Dreharbeiten beizuwohnen.

Ich flog von Frankfurt nach Paris und wurde am Flughafen bereits von einem Mitarbeiter der Crew erwartet.

„Guten Tag Frau Fleming. Ich bin Victor, Ihr Chauffeur. Es freut mich, Sie in Paris willkommen heißen zu dürfen", sagte er.

„Nenn mich bitte Isabella. Es freut mich, dich kennenzulernen", sagte ich.

„Gerne", sagte er. „Ich bringe dich zum Hotel, dort kannst du dich etwas frisch machen, anschließend fahren wir zum Set."

Man hatte mir eine schöne Suite in einem teuren Hotel gebucht. Sie war riesig, besaß eine gehobene Ausstattung und hatte eine große Terrasse, von der aus man einen atemberaubenden Blick über die Stadt hatte. Der

Eiffelturm war nicht einmal zwanzig Minuten entfernt.

In einer Stunde würde Victor mich zum Set bringen, also packte ich aus, zog mich um und genoss bei einer Tasse Kaffee den herrlichen Blick über die Dächer von Paris.

Für heute war der Dreh angesetzt, in der der Graf, Claire, die Tochter eines Gutsbesitzers kennenlernen sollte.

Ausschnitt aus: Der Fluch des Blutes

Paris im Jahr 1782
Auf der Suche nach seiner Geliebten verschlug es den Grafen nach Paris. Er hatte bereits Jahre mit der Suche zugebracht, bisher jedoch ohne Erfolg. Mittlerweile war er ein geübter Jäger, und es bereitete ihm Vergnügen, mit seinen Opfern zu spielen. Wenn er ihrer überdrüssig war, tötete er sie und zog weiter. Er tötet mit großer Leidenschaft und Raffinesse.

Er jagte im Verborgenen oder mischte sich unters Volk. In der Öffentlichkeit trat er unter verschiedenen Identitäten auf. Er war wohlhabend und besaß Häuser in mehreren Städten. Er besuchte die Oper oder nahm an gesellschaftlichen Festen teil. Bei einem dieser Feste lernte er Claire, die Tochter eines Gutsbesitzers kennen, und schöpfte neue Hoffnung.

Eine Stunde später saß ich im Auto und war unterwegs zum Set. Drehort war eine alte Schlossruine, die schon von Weitem zu erkennen war. Die unzähligen Ruinen und die Überreste eines alten Turms mussten zu ihrer Glanzzeit ein imposantes Gemäuer gewesen sein. Am Set angekommen, stiegen wir aus, und ich erhielt bei der Security einen Ausweis, mit dem ich ungehindert Zutritt hatte. Es dämmerte bereits, und die Dreharbeiten waren in vollem Gange. Ich suchte mir eine ruhige Ecke, in der ich niemanden störte, und beobachtete die Szenerie.

In der aktuellen Einstellung ritt der Graf zum Schloss, um sich dort mit Claire, der Tochter des Gutsbesitzers, zu treffen.

Von Weitem sah ich André schon auf die Ruine zureiten. Als er näher kam, erkannte ich, dass er einen schwarzen Gehrock trug, dazu helle Hosen mit festen Stiefeln. Sein Haar hatte er zum Zopf gebunden. Ich hatte bereits Aufnahmen von ihm gesehen. André spielte den Blutsauger mit großer Leidenschaft und ging förmlich in seiner Rolle auf. Er erreichte den Burghof, stieg vom Pferd und ging auf Claire zu. Sie fielen sich in die Arme und ließen sich auf dem Rasen nieder. Es folgte die Szene, in der der Graf Claire verführte und sie letztendlich tötete, weil sie nicht die Richtige war.

Andrés Maske und die Spezialeffekte waren hervorragend. Er hatte seinen eigenen Maskenbildner und dieser leistete wirklich gute Arbeit. Seine Verwandlung in eine blutsaugende Bestie wirkte sehr realistisch. Die spitzen Fänge, die wie aus dem Nichts erschienen. Die

Verfärbung seiner Pupillen von hellem Braun zu leuchtendem Bernstein war ebenfalls faszinierend, und mir war unklar, wie er das bewerkstelligte. Und dann all dieses Blut? Wo nahm er all das Blut her? Dann fiel die Klappe, und die Szene war im Kasten.

*

„Guten Abend Frau Fleming. Ich bin Richard Holloway, der Regisseur. Es freut mich, Sie endlich kennenzulernen. Kommen Sie, ich führe Sie am Set herum."

Er stellte mir einige der Darsteller vor, anschließend gingen wir in die Verpflegungscontainer.

„Die Szene ist erfolgreich abgedreht, und das will gefeiert werden", sagte Richard und überreichte mir ein Glas Sekt. „Morgen Abend gibt es eine große Party in einem der angesagtesten Szeneklubs. Sie müssen natürlich kommen", sagte er.

„Ich komme gerne. Ich freute mich schon darauf, André kennenzulernen"

„Wer freut sich mich kennenzulernen?", hörte ich auf einmal eine Stimme hinter mir.

„André, darf ich vorstellen, die Autorin unseres Romans, Isabella Fleming – André Laveran, der begnadetste Vampir, den die Filmwelt je gesehen hat."

Ich reichte André die Hand.

Er griff sie, deutete eine Verbeugung an und setzte zum Handkuss an. Dabei blickte er mir tief in die Augen. „Werte Miss Fleming, ich bin erfreut, Sie endlich persönlich kennenzulernen."

Augenblicklich lief mir ein wohliger Schauer über den Rücken. „Vielen Dank, ich habe mich lange auf diese Begegnung gefreut", sagte ich. „Ich wollte Ihnen schon immer persönlich meine Bewunderung für Ihre schauspielerische Leistung aussprechen. Kein anderer hätte meinen Grafen so gut spielen können, wie Sie es tun", sagte ich.

„Meine Liebe, lassen wir doch die Förmlichkeiten, nenn mich André."

„Gern", sagte ich und nickte ihm zu. Er sprach gutes Deutsch mit französischem Akzent, was sehr verführerisch wirkte.

„Hast du die Ruinen schon besichtigt?", fragte er. „Sie sind wirklich sehenswert. Durch die Beleuchtung der Scheinwerfer sind sie nachts noch viel eindrucksvoller."

Ich schüttelte den Kopf. „Nein, aber ich würde sie mir gern ansehen."

„Wir fahren in gut einer Stunde zurück nach Paris", sagte Richard. „Ihr habt also genügend Zeit, um euch alles anzusehen. Aber seid vorsichtig, es gibt gefährliche Stellen in diesem alten Kasten", sagte er und verabschiedete sich.

*

Am Set herrschte reges Treiben. Die Arbeiter waren damit beschäftigt, alles schnellstens abzubauen und auf Lastwagen zu verladen.

Wir gingen in den hinteren Teil der Ruine, in dem es wesentlich ruhiger war. Die Ruine bot trotz des Verfalls einen gigantischen Anblick. Der Zahn der Zeit hatte deutlich seine Spuren hinterlassen, und dichte Efeuranken überzogen die eingestürzten Mauern. Als wir an eine Treppe kamen, reichte André mir die Hand. „Wir müssen vorsichtig sein, die Stufen sind sehr marode."

Ich ergriff seine Hand und folgte ihm langsam nach oben. Gemeinsam gingen wir den Wall entlang, bis wir an eine Aussichtsplattform kamen. André hielt immer noch meine Hand, was ich sehr angenehm fand. Ich fühlte mich wohl in seiner Nähe. Zwischen uns herrschte eine Spannung, die ich nicht näher beschreiben konnte. Ich kannte diesen Mann doch gar nicht, und trotzdem war er mir seltsam vertraut.

Meine Beziehung lief derzeit nicht sonderlich gut. Rene kam mit meinem Erfolg nicht klar, und ich hegte schon lange den Verdacht, dass er fremdging.

„Hier, das wollte ich dir zeigen", sagte André und breitete die Arme aus. „Du hast meine Heimat in deinem Buch so eindrucksvoll geschildert. An diesem Ort kann man die Gegenwart des Grafen spüren", sagte er.

Die hügelige Landschaft bot im Mondschein einen besonders mystischen Anblick. Der Fluss, der unterhalb der Burg floss, rauschte friedlich dahin, während dichte Nebelschwaden über den Boden zogen.

„Das ist wunderschön. Genauso habe ich mir Frankreich immer vorgestellt", sagte ich.

„Was? Du warst noch nie in Frankreich? Noch nie in Paris? Wenn du möchtest, stelle ich mich gern als Fremdenführer zur Verfügung."

„Sehr gern, ich wollte schon immer den Louvre, Notre-Dame und die Oper besichtigen. Ich lasse mir die Gelegenheit nicht nehmen, dies in den nächsten Tagen zu tun", sagte ich freudestrahlend.

„Wir haben jetzt einen Tag Drehpause und nehmen dann die Szenen in der Oper auf. Da kannst du dich von ihrer Schönheit überzeugen. Morgen Abend gibt es eine Party in einem der größten Schuppen der Stadt. Sie lassen nur ausgewähltes Publikum hinein. Du kommst doch auch?"

„Ja, ich komme gern", sagte ich. Ein Blick auf die Uhr sagte mir, dass wir zurückmussten. „Wir sollten langsam zurückgehen. Es wird spät", sagte ich.

Wieder an der Treppe angekommen, ergriff André erneut meine Hand. „Sei vorsichtig, es ist verdammt gefährlich."

Ich schritt dicht hinter ihm die Stufen hinab, und auf halber Höhe rutschte ich natürlich ab und verlor das Gleichgewicht.

Mit einer schnellen Bewegung drehte Andre sich um, fing mich auf, und ich landete sicher in seinen Armen.

André trug mich die restlichen Stufen nach unten, dort angekommen, setzte er mich wieder auf die Füße. Dabei zog er mich in die Arme und drückte mich fest an sich.

„Das ist ja gerade noch mal gut gegangen. Ich habe mich schon unten liegen sehen", sagte ich aufgeregt. Ich zitterte.

Er schien meine Unruhe zu spüren und strich mir eine Locke aus dem Gesicht.

„Du bist doch sicher in meinen Armen gelandet", sagte er.

Mit einem durchdringenden Blick sah er mich an, lockerte schließlich seine Umarmung, und führte mich zurück zu den anderen. Viktor wartete bereits auf uns. Wir stiegen ins Auto und fuhren gemeinsam zurück nach Paris.

*

Im Hotel angekommen stellte sich heraus, dass André im gleichen Hotel wie ich übernachtete. Er wurde bereits von seinem Maskenbildner in der Lobby erwartet.

„Isabella, darf ich dir Michael, meinen Maskenbildner und besten Freund, vorstellen", sagte André.

„Guten Abend Michael", sagte ich.

„Sehr erfreut Isabella. Ich bin Michael Montanari. Es freut mich, dich kennenzulernen", sagte er und wandte sich an André. „Deine Lieferung ist angekommen. Ich habe sie auf dein Zimmer gebracht."

„Danke, Michael, ich werde mich gleich darum kümmern", sagte André. „Wann soll ich dich morgen zur Stadtbesichtigung abholen Isabella?"

„Ich weiß nicht, ist gegen elf Uhr okay? Ich wohne im Zimmer neun."

„Ich werde pünktlich sein", versprach André und verabschiedete sich gemeinsam mit Michael.

Erschöpft machte ich mich auf den Weg in mein eigenes. Das war ein langer und aufregender Tag gewesen.

*

André ging zur Fensterfront, schloss die Vorhänge und knipste eine kleine Lampe an.

Das junge Mädchen lag gefesselt und geknebelt in seinem Bett. Mit weit aufgerissenen Augen sah sie ihn panisch an.

Ohne ein Wort zu sagen, streifte er seine Jacke ab, öffnete das Hemd und zog auch dieses aus. Langsam ging er auf sie zu und trat ans Bettende.

Jetzt geriet sie in Panik und versuchte sich von den Fesseln loszureißen.

André stieg aufs Bett und setzte sich auf sie. Er ließ seine Hände von ihren Hüften aus, nach oben gleiten, packte ihre Bluse und zerriss sie. Er beugte sich nach vorn und streichelte ihre nackten Brüste.

Sie wand sich unter seinen Berührungen und fing an zu weinen.

Er brachte sein Gesicht nahe an das ihre. „Du wirst keine Schmerzen haben", sagte er und blickte ihr in die Augen.

Unter seinem hypnotischen Befehl wurde sie sofort ruhig. Mit der Macht seines Geistes konnten er ein Opfer in einen hypnotischen Zustand versetzen.

Wieder begann er ihre Brüste zu liebkosen. Ihre Haut war warm und weich. Seine Fänge waren bereits ausgefahren. Er musste sie kosten und stieß augenblicklich die Zähne in ihre Brust.

Sie bäumte sich auf und schrie, doch der Knebel in ihrem Mund erstickte jeden Laut.

Genüsslich labte er sich an ihrem Blut. Schließlich löste er die Lippen von ihrer Haut. Ihr Blut quoll aus der Wunde und bahnte sich seinen Weg über ihren zitternden Körper. Das Mädchen wimmerte, als er es ableckte und seine Zunge in Richtung ihres Halses wandern ließ.

Langsam schob er die Hand in ihren Nacken, drehte ihren Kopf zur Seite und legte ihren Hals frei. Mit einer schnellen Bewegung fuhr er nach vorn und schlug die Fänge erbarmungslos in ihren Hals.

Sie bäumte sich auf. Ihre Bewegungen wurden langsamer, ihr Widerstand schwächer. Schließlich war alles Leben aus ihr gewichen und sie rührte sich nicht mehr.

*

Nach einem Telefonat mit meinem Verleger und meinem Freund Rene nahm ich eine Flasche lieblichen Rotwein aus der Minibar und nahm diese und ein Glas mit auf die Terrasse.

Ich hatte den Schrecken auf der Treppe immer noch nicht ganz überwunden und erinnerte mich an Andrés starken Arme und den Ausdruck in seinem Gesicht. Ich ließ die Szenerie noch einmal vor meinem geistigen Auge Revue passieren.

Am liebsten hätte ich ihn geküsst, dachte ich.

Oh mein Gott! Was dachte ich da?

Ich war in festen Händen, und dennoch, irgendetwas reizte mich an ihm. Er war mir irgendwie seltsam vertraut. Ich war bei Weitem nicht die Frau, die bei jeder Gelegenheit fremdging. Ich hielt sehr viel von Treue, und doch könnte ich … Ich ahnte, dass ich ihm nicht widerstehen könnte und es insgeheim auch nicht wollte. Vielleicht war auch die angespannte Lage in meiner Beziehung schuld, dass ich solche Gedanken zuließ.

Ich zog mein Handy aus der Tasche und wählte die Nummer meiner besten Freundin und Mitbewohnerin, Danielle.

„Hallo Danielle, ich bin es Isabella. Wie geht es dir?"

„Hi Süße. Mir geht es gut, aber mich interessiert eher, wie es dir geht. Hast du ihn schon getroffen?", fragte Danielle aufgeregt.

„Oh ja, und ob ich ihn getroffen habe. Ich lag sogar schon in seinen Armen."

„Was!", schrie Danielle am anderen Ende ins Telefon. „Du lagst wo?"

„Na, es war nicht so, wie du vielleicht denkst. Wir besichtigten zusammen die Ruinen, dabei bin ich ausgerutscht und direkt in seinen Armen gelandet. Ach Danielle, er ist ein Traum. Sein Blick, als er mich im Arm hielt, ging mir durch und durch. Ich bin total durcheinander."

„Isabella, du denkst zu viel nach. Genieß doch einfach den Augenblick", sagte sie.

„Ach, wenn ich das nur könnte. Du weißt ja, das mit Rene auch nicht mehr alles glattläuft. Er war heute am Telefon so kurz angebunden. Ich weiß einfach nicht mehr, woran ich bei ihm bin."

„Lass doch einfach alles auf dich zukommen. Du hast jetzt die Möglichkeit, diesen hinreißenden blutsaugenden Vampir persönlich kennenzulernen, lass dir diese Chance nicht entgehen. Er gefällt dir doch, oder?", sagte sie.

„Ja und wie", sagte ich, da klingelte das Zimmertelefon. „Warte mal, das Telefon klingelt, ich bin gleich wieder da", sagte ich und nahm den Hörer ab. „Ja bitte?", sagte ich.

„Es tut mir leid, wenn ich dich zu so später Stunde noch störe, aber ich wollte fragen, ob du Lust hättest, dir Notre-Dame bei Nacht anzusehen? Es gibt keinen schöneren Zeitpunkt. Seine wahre Schönheit kommt erst bei Nacht zum Vorschein", sagte André am anderen Ende.

Ich war überrascht. „Hallo André. Ich würde mir Notre-Dame sehr gerne mit dir ansehen. Gib mir fünfzehn Minuten", sagte ich.

„Ich freue mich, und zieh dir etwas Bequemes an", sagte er und legte auf.

Ich hob mein Handy ans Ohr. „Hast du das mitbekommen Danielle? André will sich Notre-Dame mit mir ansehen."

„Na siehst du, er ist wohl auch an dir interessiert. Also los, mach dich hübsch und genieße den Abend", sagte sie.

Nachdem wir das Gespräch beendet hatten, öffnete ich den Kleiderschrank.

„Etwas Bequemes?", sagte ich zu mir selbst. Ich entschloss mich für eine Lederhose und einen einfachen Rollkragenpullover. Gerade als ich meinen knielangen Ledermantel überzog, klopfte es auch schon an meiner Tür. Ich öffnete.

André trug ebenfalls eine Lederkombi und hielt zwei Motorradhelme in der Hand. „Wir wollen doch nicht, dass uns jemand erkennt und folgt", sagte er. Gemeinsam gingen wir über das Treppenhaus nach unten. Im dunklen Hinterhof stand eine Harley, wir stiegen auf und fuhren los.

*

Das nächtliche Paris war traumhaft. Überall herrschte reges Treiben. Ich genoss die Fahrt und war überglücklich. Fest klammerte ich mich an Andrés muskulösen Körper. Es war ein gutes Gefühl, mit ihm auf dieser herrlichen Maschine durch die Nacht zu fahren.

Kurze Zeit später erreichten wir Notre-Dame und betraten die beeindruckende Kathedrale. In Inneren dieses Kirchenschiffs kam ich mir winzig klein und unbedeutend vor. Die spärliche Beleuchtung verlieh dem Gebäude einen geradezu mystischen Charakter.

André zeigte mir erst die Orgel, dann den berühmten Schatz von Notre-Dame und führte mich anschließend durch eine kleine Ausstellung. „Du bist ein fantastischer Fremdenführer. Du kennst dich wirklich gut mit Paris und ihrer Geschichte aus", sagte ich als er seine kleine private Führung beendet hatte, und wir Notre-Dame verließen. Gemächlich schlenderte die Uferpromenade entlang.

An zahlreichen Stände gab es die verschiedensten Köstlichkeiten. Da ich Hunger hatte, suchte ich mir einen passenden Stand und entschied mich für original amerikanische Hotdogs. „Die habe ich seit Jahren nicht mehr gegessen. Willst du auch etwas?", fragte ich ihn.

„Nein danke, ich habe auf dem Zimmer eine Kleinigkeit zu mir genommen."

Ich bezahlte meinen Hotdog und setzte mich auf die Uferbrüstung der Seine. André setzte sich neben mich. Gerade, als ich aufgegessen hatte, kamen zwei junge Mädchen tuschelnd auf uns zu.

„Sie sind es. Sie sind es wirklich! Sie sind doch Isabella Fleming und André Laveran, oder?", fragten die Mädchen kichernd. „Würden Sie uns bitte ein Autogramm geben?", fragten sie und reichten uns freudestrahlend Zettel und Stift.

Mein Französisch war gut. Ich nahm die Zettel entgegen, fragte sie nach ihren Namen und unterschrieb, dann reichte ich sie André, der ebenfalls eine Widmung für die beiden Mädchen schrieb.

Grinsend nahmen die Mädchen die Zettel entgegen und ließen uns wieder allein.

„Komm, lass uns von hier verschwinden, bevor noch mehr Fans kommen", sagte André und stand auf. Wir gingen zum Motorrad und fuhren zurück zum Hotel.

„Danke für den schönen Abend", sagte ich, als wir vor meiner Zimmertür standen. „Du bist wirklich ein guter Fremdenführer. Ich freue mich schon auf morgen", sagte ich.

„Ich freue mich auch", sagte André und verabschiedete sich mit einer innigen Umarmung von mir.

*

Als ich am nächsten Morgen erwachte, bestellte ich mir ein kleines Frühstück und ließ es mir stilecht im Bett servieren. Nachdem ich gefrühstückt hatte, zog ich mich an, denn André wollte mich bald abholen.

Punkt elf Uhr klopfte es an meiner Tür. Ich öffnete.

„Guten Morgen! Bist du startklar? Wir nehmen das Motorrad und werden mit einem Besuch im Louvre beginnen", sagte er.

Nach kurzer Fahrt erreichten wir den Louvre und verbrachten Stunden damit, uns die wichtigsten und schönsten Objekte anzusehen. Ich war begeistert. „Ich liebe die Mona Lisa und natürlich die Venus von Milo", sagte ich.

„Mein Lieblingsstück ist das Floß der Medusa von Théodore Géricault. Ich liebe es. Ich war zugegen, als Théodore es im Jahr 1819 gemalt hat", sagte André.

„Du warst zugegen?", fragte ich und schlug ihn abrupt auf den Oberarm. „Du Lügner"

„Du hast mich ertappt", sagte er und schenkte mir ein schelmisches Lächeln.

Völlig euphorisch verließen wir das Museum. „Ich bin begeistert", sagte ich, „aber meine Füße bringen mich um und Hunger habe ich jetzt auch."

„Du hast Hunger?", fragte André, zog sein Handy aus der Tasche und führte ein kurzes Telefonat. „Dein Wunsch ist mir Befehl. Komm, lass uns essen gehen. Ich kenne da ein nettes kleines Restaurant außerhalb von Paris", sagte er.

Wir verließen Paris über die Landstraße und kamen in eine besonders schöne Gegend. Unser Ziel war ein kleines Dorf mitten im Grünen. Hier schien die Zeit stillzustehen. Wir hielten an einem kleinen, abgelegenen Gasthof und gingen hinein.

Der Wirt begrüßte uns herzlich. André und er schienen sich gut zu kennen. Wir setzten uns in einen gemütlichen Nebenraum, in dem wir die einzigen Gäste waren. Auch hier schien die Zeit stillzustehen. Alles sah noch so aus wie vor Jahrhunderten. Altes Fachwerk, geschmückt mit viel Liebe zum Detail.

„Ich bestelle für uns. Lass dich überraschen, die Küche hier ist vorzüglich", sagte er und gab die Bestellung auf.

Der Wirt brachte mir Weißwein, während André einen dunklen, kräftigen Rotwein bevorzugte. Dann kam auch schon unser Essen. Ich bekam ein Steak mit Gemüse und dazu einen Salat serviert.

André hatte ein großes Stück Fleisch, das rare zubereitet war. Es schwamm geradezu in einer blutigen Marinade. Dazu reichte ihm der Wirt einen Salat. „Ich hoffe, es stört dich nicht, dass ich mein Steak rare esse?"

„Nein, kein Problem. Mich würde es nur stören, wenn du mich nicht probieren lassen würdest", sagte ich lachend, griff zum Löffel und angelte ein Stück Fleisch inklusive blutroter Soße von Andrés Teller. Es war köstlich, und ich nahm gleich noch einen Löffel von dieser herrlichen Soße.

„Du blutgieriges Stück", sagte André lachend. „Schlachte dir deinen eigenen Bauern."

„Dieser Bauer sollte wohl groß genug für uns beide sein, oder wollen der Herr Graf dieses köstliche Blut allein genießen?", fragte ich ihn.

„Meine Teuerste, für Euch würde ich zehn Bauern erlegen und sie Euch zu Füßen legen."

Jetzt mussten wir beide lachen.

Ich hatte schon lange nichts so Gutes mehr gegessen, auch mein Steak war vorzüglich.

„Ich hatte schon lange nicht mehr so viel Spaß, wie mit dir. Du tust mir gut, du bringst mich zum Lachen", sagte ich gerade als mein Handy vibrierte. Ich hatte eine SMS bekommen. „Wer will denn jetzt was von mir?", fragte ich, nahm mein Handy aus der Jackentasche und las die Nachricht:

„Liebe Isabella! Es tut mir leid, es dir auf diesem Weg sagen zu müssen, aber das klappt einfach nicht mehr zwischen uns. Ich habe da jemanden kennengelernt, und wenn du aus Frankreich zurückkommst, habe ich bereits meine Sachen aus deiner Wohnung geholt. Es tut mir leid, Rene."

„Das ist doch nicht zu glauben. Mein Freund macht doch tatsächlich per SMS mit mir Schluss", sagte ich und warf das Telefon wütend auf den Tisch.
André griff nach meinem Handy. „Darf ich?" Ich nickte, und er las den Text.
„Also hatte ich doch recht mit meiner Vermutung. Er hat was mit einer anderen und ist zu feige, es mir persönlich zu sagen."
André nahm einen Schluck Wein und war sichtlich sprachlos. Dann nahm er meine Hand, zog sie an seine Lippen und küsste meinen Handrücken. „Er war Eurer nicht würdig meine Gräfin. Ihr müsstet ihn zertreten wie eine Kakerlake unter Euren Füßen. Jeder Mann sollte den Boden küssen, auf dem Ihr wandelt", sagte er und küsste meine Hand abermals.
„Siehst du, du bringst mich zum Lachen", sagte ich und lächelte. „Ach ja und wenn wir später gehen, küsst du gefälligst den Boden unter meinen Füßen."
„Wie Ihr befehlt, meine Liebe", sagte er und orderte kurzerhand die Rechnung. „Wir müssen uns auf den Rückweg machen. Heute ist die Party, und du brauchst doch bestimmt etwas

Zeit, dich zu stylen?", fragte er und bezahlte. „Du willst doch noch auf die Party, oder?"

„Natürlich, ich lasse mir die gute Laune nicht verderben", sagte ich, stand auf und zog mich an. Auf einmal zog er mich an sich und nahm mich auf den Arm. „Was wird denn das? Ich kann selbst laufen, hier ist wohl nicht mit irgendwelchen baufälligen Treppen zu rechnen", sagte ich und lachte.

„Ich sollte doch den Boden unter deinen Füßen küssen. Da mir der Boden hier zu dreckig ist, trage ich dich lieber auf Händen."

So trug André mich quer durch die Wirtsstube nach draußen und setzte mich auf seinem Motorrad ab.

„Du bist verrückt", sagte ich nur und schmiegte mich fest an ihn.

*

Gegen zweiundzwanzig Uhr wollte André mich abholen und ich musste mir die leidige Frage stellen: Was ziehe ich an zu so einer Party an?

Ich hielt nichts von konservativer Kleidung. Ich hatte auch kein Problem damit, mich sexy und skandalös zu kleiden, und ich liebte es, aufzufallen und zu provozieren.

Doch was sollte ich anziehen?

Ich ging zum Schrank und überlegte. Sollte ich mich für Lackhose und gewagte Bluse oder für das edle mittelalterliche Samtkleid entscheiden? Die Presse war sicher vor Ort, und auffallen würde ich in jedem Outfit. Ich entschied mich schließlich für die mittelalterliche Gewandung. Ein schwarzes Kleid mit blutrotem Spitzeneinsatz vorn, einer eingearbeiteten Schnürkorsage, die ein gewagtes Dekolleté zauberte, und weit ausgestellten, langen Ärmeln. Mit meinem Dekolleté würde ich garantiert alle Blicke auf mich ziehen. Ich zog meine Schnürstiefel an, steckte die rotgelockte Mähne hoch und schminkte mich dementsprechend. Zu guter Letzt legte ich noch eine Kette an, die meinen Ausschnitt zusätzlich betonte.

Pünktlich um zweiundzwanzig Uhr klopfte es an der Tür. Ich öffnete und sah, dass ich mich genau für das richtige Outfit entschieden hatte. André trug einen blutroten samtenen Gehrock, dazu eine schwarze Rüschenbluse und eine schwarze Samthose. Seine Haare hatte er zu einem französischen Zopf geflochten, und in der linken Hand hielt er einen reich verzierten Gehstock. Er kam herein, nahm meine Hand und küsste sie.

„Bist du bereit, die Presse zu schocken, meine Liebe?", fragte er.

„Dazu bin ich immer bereit." Ich nahm meine zum Kleid passende Handtasche, und ging mit ihm nach unten. Bereits in der Hotelhalle zogen wir alle Blicke auf uns. Am Eingang stand eine

Limousine bereit, in die wir einstiegen und zum Klub fuhren.

*

Am Klub herrschte bereits ein großes Presse- und Fan-Aufkommen. Als sich die Wagentür öffnete, wurden wir mit einem regelrechten Blitzlichtgewitter begrüßt.

André stieg als Erstes aus und reichte mir seinen Arm.

Ich ließ mir bewusst Zeit beim Aussteigen und beugte mich möglichst weit nach vorn, um den Paparazzis einen Grund zu geben, Fotos zu schießen.

Als André das bemerkte, grinste er bis über beide Ohren. Er half mir aus dem Wagen, und zog mich direkt in seine Arme. Dann wirbelte er mich herum und legte die Arme von hinten um meine Hüfte. Plötzlich ließ er seine Hände über meine Brüste und zu meinem Hals wandern. Er griff mir in den Nacken, neigte meinen Kopf zur Seite und biss dann abrupt zu.

Überrascht zuckte ich zusammen und bemerkte, wie etwas Flüssiges an meinem Hals herunterlief.

Wir standen mitten im Blitzlichtgewitter. Während er an meinem Hals saugte, schrien die Fans sich die Seele aus dem Leib. Er löste seinen Griff, drehte mich herum und gab mir einen Kuss. Dann leckte er sich über die blutverschmierten Lippen und taxierte mich mit seinen bernsteinfarbenen Augen. Dann nahm er mich an der Hand, und ging mit mir langsam in Richtung Eingang, während die Fans uns eifrig um Autogramme und Fotos baten. Natürlich leisteten wir ihrer Bitte Folge und betraten schließlich – begleitet von ihrem Geschrei – den Klub.

*

Die Party war bereits in vollem Gange. Eine breite Treppe führte uns nach unten in einen großen Saal. Hier gab es eine Empore und zahlreiche Seitennischen, in denen sich Gäste tummelten. Aus den Boxen dröhnte düstere Musik, überall standen Kerzen, und alles war geschmackvoll dekoriert. Es gab eine große Tanzfläche.

Wir steuerten auf eine Bar zu, und André bestellte uns etwas zu trinken. Ich blickte mich währenddessen um und sah bekannte Gesichter aus der Film- und Musikbranche. André reichte mir ein Glas.

„Möchtest du dich setzen?", frage er.

Ich nickte und folgte ihm in eine der dunklen Nischen. Unterwegs begrüßten wir einige der anwesenden Gäste.

Als wir uns setzten, legte er seinen Arm um meine Hüfte. „Du bist so still, ist alles in Ordnung?", fragte er und sah mich fragend an.

Ich griff mir an den Hals und erfühlte die Rückstände der Flüssigkeit, die bereits getrocknet war.

„Filmblut", sagte er lachend. „Du wolltest doch die Menge schocken, oder?"

„Du hast mich mehr geschockt als die Menge, und ich dachte schon, ich wäre verrückt", sagte ich.

„Inwieweit habe ich dich geschockt? Nur wegen des kleinen Bisses?"

„Nicht der Biss hat mich überrascht, sondern … dein Kuss", sagte ich.

„Wolltest du mich denn nicht küssen?", fragte er und sah mich mit einem Blick an, der mir wohlige Schauer über den Rücken jagte.

„Ich … nein … doch", stotterte ich und dachte wieder an meine Gedanken, ihn küssen zu wollen.

„Ich wollte dich küssen, und ich will es immer noch", sagte er, beugte sich nach vorn, und erneut berührten seine Lippen die meinen.

Ich konnte gar nicht anderes, als seinen Kuss zu erwidern. Ich schloss die Augen und spürte, wie Wellen der Leidenschaft durch meinen Körper strömten. Es wurde ein langer und leidenschaftlicher Kuss.

Dann legte er seine Lippen auf meinen Hals und begann, ihn zärtlich zu küssen und zu beißen. Ich spürte seine Zähne, die sich immer fester in mein Fleisch gruben. Mit seinen leidenschaftlichen Bissen zauberte er mir eine

Gänsehaut. Ich nahm nichts mehr um mich herum wahr. Es war, als hätte er mich hypnotisiert. Ich nahm nur dieses Gefühl wahr, das in mir aufstieg, und da wusste ich, er hatte mein Herz bereits gefangen genommen.

*

André hielt mich im Arm, strich mit seinen Fingern über mein Gesicht und sah mich schweigend an.

Als die ersten Takte von Jay Gordons „Slept so long" aus dem Film „Königin der Verdammten" erklangen, zog er mich hoch und ging mit mir in Richtung Tanzfläche.

„Komm ... jetzt zeigen wir denen mal, wie man eine richtige Show abliefert." Er zog mich in seine Arme. Geschmeidig bewegten wir uns zum Rhythmus der Musik. Wir zogen bereits die Blicke der anderen auf uns, und sie begannen, sich im Kreis, um uns herum aufzustellen. André hielt mich mit der einen Hand fest, ließ mich nach hinten fallen, und mit der anderen Hand strich er immer wieder über meinen Hals und meine Brüste.

Er sang laut mit, und für einen Augenblick konnte ich deutlich zwei spitze Fänge hinter seinen Lippen erkennen. Abrupt riss er mich herum und legte die Arme von hinten um meine Hüften, während ich meine um seinen Hals legte. Er ergriff meine linke Hand, neigte meinen

Kopf zur Seite und biss mich von hinten in den Hals.

Ich zuckte zusammen, schloss die Augen und gab mich ganz und gar dem Gefühl hin, das seine Lippen an meinem Hals auslösten.

Die Zuschauer schrien vor Begeisterung auf. André löste die Lippen von meinem Hals, drehte mich herum, zog mich fest in seine Arme und küsste mich leidenschaftlich, bis der Song zu Ende war. Unter euphorischem Beifall verneigten wir uns und gingen an die Bar, um uns mit neuen Drinks zu versorgen.

In der Menge erspähte ich unseren Regisseur Richard, der genau auf uns zusteuerte. „Diese Show war wahrscheinlich die beste Werbung, die wir je für unseren Film bekommen konnten. Die Presse hatte euch genau ins Visier genommen. Ich sehe schon die Schlagzeilen: Hauptdarsteller und Autorin vereint im blutigen Reigen! André, du bist immer für eine Überraschung gut", sagte Richard und ging dann weiter zu einer Kollegin.

„Wollen wir zurück ins Hotel fahren?", fragte André, wobei er mich fest in die Arme zog und seine Hände über meinen Rücken wandern ließ. „Ich will mit dir allein sein", sagte er.

Ich nickte, denn auch ich wollte endlich mit ihm allein sein. Wir holten unsere Sachen und verließen die Party.

*

Wir betraten die Hotelhalle und gingen an die Rezeption. Der alternde Portier sah mich erschüttert an und reichte uns die Schlüssel zu unseren Zimmern. „Lassen Sie bitte eine Flasche Rotwein auf mein Zimmer bringen", sagte ich und betrat mit André den Aufzug.

In der kleinen Kabine des Lifts hing ein Spiegel, und ich sah, warum der alte Mann so erschrocken war. Ich war immer noch von den Überresten des Kunstblutes gezeichnet. „Du kommst doch noch mit auf mein Zimmer oder muss ich die Flasche allein genießen?"

„Dein Wunsch ist mir Befehl. Ich werde dich begleiten, denn ich bin begierig dein Blut kosten, genauso, wie es der Graf tun würde", sagte er, zog mich in seine Arme und küsste mich.

Ausschnitt aus: Der Fluch des Blutes

„Aber wie kann ich sie erkennen? Sprecht, alte Hexe, oder Euer Blut wird sich über den kalten Boden ergießen."

„Ihr werdet sie nicht an ihrem Äußeren erkennen, Ihr müsst ihre Seele finden. Wenn eine Seele wiedergeboren wird, wird sie versuchen, vertraute Seelen zu finden. Wenn zwei Liebende getrennt werden, werden sie versuchen, einander zu finden. Ihre Erscheinung muss euch verzaubern. Doch Ihr könnt euch erst sicher sein, wenn Ihr ihr Blut kostet, mein Herr, und wenn sie Eure Liebe noch immer

erwidert, müsst Ihr sie zu Euresgleichen machen. Ihr müsst ihr das unsterbliche Blut geben. Sollte sie Eure Liebe jedoch nicht erwidern, so war es nicht die wahre Liebe, und sie wird Euch gewiss hassen, solltet Ihr sie dennoch nehmen."

„Sie liebte mich und flüchtete sich in den Tod, als sie von meiner Ermordung erfuhr ... sie liebt mich", sagte der Graf zuversichtlich.

*

Ich verschwand kurzerhand im Bad, um die Überreste des Kunstblutes zu entfernen. Im Nebenzimmer hörte ich den Zimmerservice, der die bestellte Flasche öffnete und sich dann wieder zurückzog. Als ich die Tür zur Suite öffnete, sah ich, dass sich André zwischenzeitlich auf die Terrasse zurückgezogen hatte. Er lehnte mit dem Rücken zur Brüstung und sah sehr nachdenklich aus. Das Mondlicht spiegelte sich in seinem Gesicht und hüllte seinen Körper in ein mystisches Licht. Er sah verführerisch aus, und dennoch schien sein ganzer Körper pure Macht auszustrahlen. Als ich die Terrasse betrat, blickte er auf.

„Meine Liebe, da bist du ja. Komm, lass uns auf unseren Erfolg anstoßen." Er griff zu den Gläsern und reichte mir eines.

„Ich wollte dich schon immer etwas fragen", sagte ich. „Ich bewundere deine Schauspielkünste über alle Maßen. Du spielst meinen Vampir mit solch einer Hingabe und Leidenschaft, und deine Maske ist immer perfekt. Wie machst du das? Wie verwandelst du dich in einen Vampir?"

„Verwandeln? Wieso? Ich verwandle mich nicht in einen Vampir. Ich ... bin ein Vampir! Und momentan dürstet es mich nach Eurem Blut, meine Liebste."

Er nahm mir das Glas aus der Hand, stellte es ab und zog mich in seine Arme.

„Ach so ... den Herrn Grafen dürstet es nach meinem Blut? Dann bin ich wohl Constance, und Ihr habt Jahrhunderte damit zugebracht, mich zu finden?"

„Wenn Ihr wüsstet, wie Recht ihr damit habt. Lasst mich Euer Blut kosten, und ich werde wissen, ob Ihr meine Geliebte seid", sagte er.

Ich drehte den Kopf zur Seite. „Ich will Euch denn gestatten, von mir zu kosten, erlauchter Graf de Girardon", sagte ich lächelnd. Ich mochte dieses Spiel.

Als seine Lippen meinen Hals berührten, erschauderte ich. Erst küsste er mich zärtlich, dann setzte er seine Zähne ein. Immer leidenschaftlicher biss und küsste er mich. Er drückte mich fest gegen das Geländer der Terrasse und schob seine Hand in meinen Nacken, um besseren Halt zu haben.

Mir war heiß und kalt zugleich. Vor meinen Augen drehte sich alles. Ich liebte es, gebissen zu werden, es machte mich an. Doch was er hier mit mir machte, war der pure Wahnsinn! Ich war Wachs in seinen Händen. Ich spürte seine grenzenlose Leidenschaft. Er spielte den Vampir wirklich mit Leib und Seele. Sein Biss wurde immer fester, und ich begann zu zittern. Plötzlich durchfuhr ein heftiger Schmerz meinen Körper. Ich stöhnte auf und krallte die Finger in seine Schultern, als er begann, an meinem Hals zu saugen.

Dann hob er mich hoch, trug mich ins Schlafzimmer und setzte mich vor dem Bett ab. Er öffnete die Schnürung an meiner Korsage. Während er mir das Kleid auszog, zog er eine heiße Spur aus Küssen von meiner Schulter zum Hals. Fast nackt stand ich vor ihm, dann hob er mich hoch und ließ mich in die Kissen sinken.

Langsam knöpfte er seinen Gehrock auf, zog ihn aus und entledigte sich auch seiner restlichen Kleidung. Er öffnete sein Haar, das ihm fast bis zu den Hüften reichte und sich sanft um seinen muskulösen Körper legte. Er stieg aufs Bett und kam langsam auf mich zu. Mit den Händen fuhr er an meinen Beinen entlang und zog mir die halterlosen Stümpfe und den Slip aus. Dann begann er, eine Spur leidenschaftlicher Küsse von meinen Beinen, über den Bauchnabel und weiter bis zu meinen nackten Brüsten zu ziehen.

„Du schmeckst so gut", murmelte er und mit jedem weiteren Kuss schickte er Wellen der Erregung durch meinen Körper. Seine Lippen trieben mich fast in den Wahnsinn. Kurzerhand drückte ich ihn hoch und drehte ihn auf den Rücken, sodass ich schließlich auf ihm saß.

Jetzt begann ich meinerseits, seinen Oberkörper zu liebkosen. Ich biss und küsste ihn abwechselnd. Meine Lippen wanderten von seiner Brust zu seinem Hals, wo sie verbliebenen und ihn erst mit zärtlichen Küssen, dann mit immer fester werdenden Bissen überzogen. Ich hörte sein lustvolles Stöhnen und bemerkte das Aufbäumen seines Oberkörpers, während ich meine Fingernägel fest in sein Fleisch grub.

Plötzlich hob er mich hoch, zog mich auf seinen Schoß und drang tief in mich ein.

Ich bäumte mich auf, als ich ihn so tief in meinem Innersten spürte. Mit seinen rhythmischen Bewegungen brachte er mein Blut in Wallung. „Oh mein Gott André, du raubst mir den Verstand", rief ich. „Du fühlst dich so gut an."

Unversehens drehte er mich auf den Rücken und liebte mich mit einer Intensität, wie ich sie bis dahin noch nie gespürt hatte. Nie zuvor hatte mich jemand in solch eine Ekstase.

Auch in André schien ein wildes Tier zu erwachen. Er verbiss sich geradezu in meinen Hals, und meine Nägel mussten ihm Schmerzen zufügen, so fest schlug ich sie in sein Fleisch. Doch dies schien ihn nur noch wilder zu machen, denn er bewegte sich immer schneller.

Gemeinsam trieben wir auf einer Welle der Lust davon. Mit der Gewalt von tausend Blitzen jagten die Empfindungen durch meinen Körper und bescherte mir einen Höhepunkt, der mein Herz regelrecht zum Stolpern brachte. Gleichzeitig verspürte ich einen kurzen, aber heftigen Schmerz am Hals und schrie auf. Dann spürte ich nur noch grenzenlose Leidenschaft, die mich mit sich riss.

Ausschnitt aus: Der Fluch des Blutes

Prag im Jahr 1869
Die Suche des Grafen de Girardon war immer noch nicht von Erfolg gekrönt. In Prag hatte er sich einer geheimen alchemistischen Verbindung von Vampiren angeschlossen, um die Herkunft und die Entstehung der verschiedensten Arten von Vampirismus zu erforschen.

Es gab Vampire, die weitaus älter waren als er. Sie besaßen die unterschiedlichsten dunklen Gaben und Kräfte, doch eines schienen sie alle gemeinsam zu haben: die unbeschreibliche Gier nach menschlichem Blut. Einige töteten lautlos und schnell. Andere liebten es, ihre Opfer zu quälen und zu peinigen. Einige nahmen sich Menschen als Sklaven. Manche machten sie zu Verbündeten, die sie bei erwiesener Loyalität zu ihresgleichen machten.

Jede Nacht zog der Graf durch die Straßen Prags. Die Suche nach seiner Geliebten ließ ihn oft verzweifeln. Er war ein dunkler Engel. Zweifellos brachte er für jeden, der seinen Weg kreuzte, den Tod.

Er tötete mit erbarmungsloser Härte, oft in einem Anfall von blinder Wut. Seine hoffnungslose Suche hatte ihn zu einer mordenden Bestie werden lassen. Den tiefen Schmerz konnte er nur mit dem Blut seiner unzähligen Opfer betäuben.

Auf einem Ball lernte er eine junge Gräfin kennen und schöpfte neuen Mut. Er verführte sie nach allen Regeln der Kunst, doch als sie voller Verlangen in seinen Armen lag, musste er erneut feststellen, dass sie nicht die Seine war. Blinde Wut überkam ihn, und er tötete sie.

*

Am nächsten Morgen erwachte ich in Andrés Armen. Er war bereits wach und sah mich lächelnd an.

„Guten Morgen, meine Liebste", sagte er, strich mir übers Gesicht und küsste mich. „Ich könnte den ganzen Tag mit dir im Bett verbringen, doch leider müssen wir zum Dreh." Woraufhin er aufstand, sich von mir verabschiedete und in sein Zimmer ging, um sich umzuziehen.

Ich beschloss erst einmal unter die Dusche zu gehen. Mein Kreislauf schien heute verrückt zu spielen. Ich war müde und erschöpft. Danach würde es mir bestimmt besser gehen.

Und tatsächlich, das kalte Nass wirkte wahre Wunder. Ich bestellte ein kleines Frühstück, griff mir mein Handy und schickte Danielle eine

Kurznachricht um sie über meine Nacht mit André zu informieren:

„Hallo Danielle, ich wollte dich nur wissen lassen, dass ich die letzte Nacht mit André verbracht habe. Er ist einfach fantastisch und ich glaube, ich bin auf dem besten Weg mich in ihn zu verlieben. Was meine Entscheidung, die Nacht mit ihm zu verbringen begünstigt hat, ist der Umstand, dass Rene gestern per Kurznachricht mit mir Schluss gemacht hat. Isabell"

Im Anschluss machte ich mich auf den Weg in die Lobby, in der wir uns treffen wollten.

*

André war kurz auf sein Zimmer gegangen, um sich frisch zu machen und sich umzuziehen. Bereits kurze Zeit später klopfte er an Michaels Zimmertür.

Michael öffnete. „Guten Morgen André, komm herein. Nun sag schon, spann mich nicht auf die Folter. Ist sie es?"

„Sie ist es! Ich habe sie endlich gefunden."

*

Als ich in die Lobby kam, erwarteten André und Michael mich bereits. André begrüßte mich mit einem Kuss. Gemeinsam fuhren wir zum Drehort. Heute wurde die Szene gedreht, in der der Graf auf seinen späteren Schützling und Freund Leonardo di Montalban treffen würde:

Ausschnitt aus: Der Fluch des Blutes

Paris im Jahr 1875
Der Graf hatte Prag verlassen und war nach Paris zurückgekehrt. Er genoss die dunkle Gabe in vollen Zügen. Auf zahlreichen Gesellschaften suchte er sich junge, meist adelige Opfer.

Bei einer dieser Gesellschaften lernte er Leonardo di Montalban kennen, einen jungen italienischen Aristokraten, der in Paris sein Studium der Wissenschaften absolvierte. Der Graf schätzte seine Gesellschaft sehr und beide wurden Freunde.

Leonardo war unsterblich verliebt. Seine Angebetete stand jeden Abend auf der Bühne der kürzlich eröffneten Opéra Garnier. Leonardos Liebe jedoch wurde verraten, denn die Dame spielte mit seinen Gefühlen und spekulierte auf sein Vermögen. Sie bewegte sich in weniger vornehmen Kreisen, um nicht zu sagen, in Gesellschaft von zwielichtigen Gestalten.

Eines Abends kam es zu einer folgenschweren Auseinandersetzung: Zwei dieser üblen Gestalten lauerten Leonardo auf und verletzten ihn schwer. Als der Graf ihn fand, war er mehr tot als lebendig.

Da er seinen Freund nicht verlieren wollte, stellte er Leonardo vor die Wahl. Der Tod oder die dunkle

Gabe? Leonardo wählte die dunkle Gabe, und André gab sie ihm bereitwillig.

Leonardo war der erste Mensch, an den er den Fluch des Blutes weitergab. Er musste ihm dazu nahe an den Rand des Todes bringen und ihm dann das untote Blut geben. Nur so konnte der Fluch übertragen werden.

Eigentlich hatte ich mich auf den Dreh in der Opéra Garnier gefreut, und dennoch war mir bei dem Gedanken unbehaglich. Schließlich hatte dieses Opernhaus einst Gaston Leroux als Originalschauplatz für seinen Roman „Das Phantom der Oper" gedient.

Ich verfolgte eine Weile die Dreharbeiten und konnte meinen Blick nicht von André abwenden. Meine Gedanken spielten verrückt. Ich konnte mir nicht vorstellen, auch nur noch einen Tag ohne ihn zu sein.

Um ihn bei den Dreharbeiten nicht abzulenken, beschloss ich, mich in diesem sagenumwobenen Gebäude umzusehen. In den Gängen wimmelte es von Statisten, Helfern und Security-Mitarbeitern. Einige Fans hatten Backstagepässe und machten aufgeregt Jagd nach Autogrammen oder mehr. Über die Innengalerie gelangte man zu der beeindruckenden, nach oben führenden Prunktreppe. Viele Bereiche waren für die Dreharbeiten gesperrt. Schließlich kam ich in einen abgelegenen Flur und ließ die Hektik der Filmcrew hinter mir.

Hier konnte ich mir alles in Ruhe ansehen. Die Barocke Einrichtung war edel und wahrscheinlich unbezahlbar. Diese Räume mussten die alten Garderoben sein, denn an den Türen standen die Namen von längst verstorbenen Artisten. Ich lief den Gang entlang, bis ich an eine halb geöffnete Tür kam.

Eine leise, männliche Stimme drang nach draußen auf den Flur. Er sprach mit einer Frau, oder zumindest schien es so, denn als ich einen Blick ins Zimmer warf, erkannte ich Michael, und er war allein. Er stand vor einem großen Gemälde. Michael schien mit der dort abgebildeten Frau zu sprechen, während er frische Blumen in eine Vase steckte und diese auf den Kaminsims unterhalb des Bildes stellte. Seine Worte waren vertraut und liebevoll, es schien, als wäre er in sie verliebt. Durch ein leises Knarren der Diele schreckte er hoch, drehte sich um und lächelte mich an.

„Isabella, komm doch herein", sagte er.

Ich betrat das Zimmer und stellte mich neben ihn. „Sie ist eine sehr schöne Frau, seid ihr ein Paar?"

„Das waren wir … Das dachte ich zumindest, aber sie ist seit langem tot."

Erschrocken sah ich ihn an. Tot, dachte ich und sah das Bild genauer an. Es wirkte sehr alt.

Gerade so, als wäre es bereits im 19. Jahrhundert gemalt worden.

Plötzlich ging die Tür auf, und mit einem Blick in die Richtung, sah ich André ins Zimmer kommen.

„Ich habe euch schon gesucht." Er warf einen Blick auf Michael und schüttelte den Kopf. „Michael, Michael … immer noch auf der Jagd nach den Gespenstern der Vergangenheit? Komm, mein Freund, lasst uns etwas essen gehen, wir haben zwei Stunden Drehpause", sagte er und legte einen Arm um seinen Freund.

Die beiden gingen hinaus, und beim Hinausgehen warf ich noch einmal einen Blick auf die schöne Frau. Ein kleines Schild war am Rahmen angebracht: „Juliette Canet", stand darauf.

Ich konnte mir ein leises Lachen nicht verkneifen, denn meine Freundin Danielle hieß ebenfalls Canet mit Nachnamen.

*

In einem kleinen Café setzten wir uns auf die Terrasse, bestellten etwas zu trinken und beobachten das rege Treiben um uns herum. Unzählige Touristen drängten sich an den verschiedensten Souvenirständen. Einheimischen schleppten ihre Einkäufe nach Hause. Manche genossen wie wir bei einer Tasse

Kaffee den schönen Tag oder ließen einfach nur die Seele baumeln.

„Juliette ... ist das die Frau auf dem Bild?", fragte ich Michael, der mich daraufhin erschrocken ansah.

„Ja", sagte er, nachdem er sich wieder gefasst hatte. „Ich habe sie sehr geliebt, aber ihre Liebe war nur Lug und Trug. Sie hatte es nur auf mein Geld abgesehen. Sie hat mich aufs Übelste hintergangen und ... sagen wir mal so, die Geschichte hat ein schlimmes Ende genommen, sie ist ..."

In diesem Moment räusperte sich André, und Michael verstummte abrupt. „Sie hat ihn sitzen lassen und ist mit einem anderen durchgebrannt."

„Hast du nicht gesagt, sie wäre tot?", fragte ich Michael ungläubig.

„Ja, das ist sie!", sagte André barsch. „Sie hat genau das bekommen, was sie verdient hat. Sie und ihr Liebhaber sind bei einem Überfall ermordet worden."

Ich war schockiert. Ich wusste nicht, was mich mehr schockierte, der Tod der beiden oder die Härte in Andrés Worten. Nachdem wir unsere Tassen gelehrt hatten, bezahlte André und wir machten uns auf den Rückweg. Die Stimmung war angespannt und mehr als gedrückt. An der Oper angekommen verschwanden André und Michael auch gleich in der Maske, und ich blieb allein mit meinen Gedanken.

*

Ich besorgte mir währenddessen etwas zu trinken und zog mich dann wieder ins Obergeschoss zurück.

Vor Juliettes Garderobe blieb ich stehen und beschloss, hineinzugehen. Ich setzte mich auf ein Sofa, das gegenüber vom Kamin stand und betrachtete ihr Bild. Sie war wirklich eine schöne Frau, mit langen schwarzen Haaren und ausdrucksstarken, blauen Augen. Sie hatte freundliche, weiche Gesichtszüge, und ich konnte mir nicht vorstellen, dass sie so kalt und berechnend war, wie André erzählt hatte.

Mit welcher Härte er über sie gesprochen hatte, schockierte mich noch immer. Es war purer Hass gewesen, der in seiner Stimme mitgeschwungen hatte. Ihm schien wirklich viel an Michael zu liegen, und diese Frau musste ihn sehr verletzt haben.

Ich betrachtete ihr Bild, und irgendetwas an ihr kam mir vertraut vor. Da fiel mir die Szene aus meinem Buch ein, in der der bereits zum Vampir gewordene Leonardo die Schauspielerin für ihren Verrat tötete. Die Parallelen zu Michael und Juliette ließen mich erschaudern. Die gleiche Szene wurde gerade in den Kellergewölben gedreht, unweigerlich bekam ich eine Gänsehaut, und bei dem Gedanken an das

Phantom wurde mir kalt. Ich zog die Beine hoch und drückte mich fest in die Polster des Sofas.

*

Ausschnitt aus: Der Fluch des Blutes

Von diesem Tag an begleitete Leonardo den Grafen auf der Suche nach seiner Geliebten. Es gefiel dem Grafen, ihn in die dunkle Gabe einzuführen und er war ein gelehriger Schüler.

Es vergingen nur wenige Wochen und aus Leonardo war ein geübter Jäger geworden. Der Hass trieb ihn an, der Hass auf seine todbringende Geliebte und ihre Häscher. Er beobachtete sie aus der Dunkelheit heraus und überwachte jeden ihrer Schritte.

Sie hatte bereits ein neues Opfer an der Angel, einen wohlhabenden, alternden Pariser Kaufmann. Er war getrost dreißig Jahre älter als sie, aber seine reich gefüllte Börse ließ bei ihr alle Hemmungen fallen.

Er besuchte jede ihrer Aufführungen. Überhäufte sie mit teuren Kleidern und extravagantem Schmuck. So kam der Tag, an dem er ihr einen Heiratsantrag machte, den sie voller Berechnung annahm. Sie hatte alles bis ins kleinste Detail geplant. In einer Woche sollte die Hochzeit stattfinden. Die Feierlichkeiten sollten in der Oper stattfinden. Beim Verlassen der Oper wollte sie vortäuschen, etwas in ihrer Garderobe vergessen zu haben. Auf dem Weg dorthin würde sie von möglichst vielen Menschen gesehen werden, während ihr frisch angetrauter Ehemann draußen bei der Kutsche überfallen und ermordet werden würde. Und sie, die trauernde junge Witwe, würden alle nur bedauern. Keiner würde auch nur den Verdacht schöpfen, dass es sich bei ihr um eine eiskalte Mörderin, eine Schwarze Witwe handelte.

Juliette fühlte sich sicher, sah keine Bedenken und ahnte nicht, dass der Tod schon auf sie wartete.

Der Tag der Hochzeit kam, und alles lief zu ihrer vollen Zufriedenheit. Es wurde lang und ausschweifend gefeiert. Kurz nach Mitternacht verließ das Brautpaar dann die Oper. An der Kutsche angekommen bekundete sie, sie hätte ihre Tasche vergessen und ging zurück zu ihrer Garderobe. Unterwegs wurde sie, wie geplant, von mehreren Hochzeitsgästen gesehen. In ihrer abgelegenen Garderobe wartete sie eine Weile, um nicht zu früh zur Kutsche zurück zu kehren.

Plötzlich jedoch stieß Leonardo die Tür zu ihrer Garderobe auf. Sie drehte sich erschrocken um und trat ein paar Schritte zurück, als er blutverschmiert und mit dem abgetrennten Kopf eines ihrer Häscher den Raum betrat.

Sie wollte schreien, doch in der gleichen Sekunde war er bei ihr, und legte die Hand auf ihren Mund. Er zog sie aus ihrer Garderobe hinaus auf den menschenleeren Gang und zerrte sie über eine kleine Wendeltreppe in den Keller. Er stieß die Tür zu den labyrinthartigen Gängen unter der Oper auf und zog sie immer tiefer in den Korridor. In einem gewölbeartigen Raum stieß er sie gegen die Wand und nahm die Hand von ihren Lippen. Die Angst stand ihr ins Gesicht geschrieben, während er sie nur schweigend ansah.

Nur mühsam brachte sie die ersten Worte über die Lippen. „Leonardo ... was, was ist passiert? Ich dachte, du wärst ..."

„Ich wäre was?", schrie er. „Tot? Ja, ich war tot, doch das Schicksal gab mir die Möglichkeit zu dir zurückkehren und dich für deinen Verrat zu bestrafen. Ich bin zurückgekommen, um dich und deine Häscher zu holen. Einer deiner Liebsten hat bei meinem Anblick wohl etwas den Kopf verloren", sagte er hämisch grinsend und warf ihr den Kopf vor die Füße.

„Das verstehst du falsch! Ich hatte nichts damit zu tun. Das musst du mir glauben, ich liebe dich doch", sagte sie und versuchte, ihn zu umarmen.

Er jedoch stieß sie zurück und ergriff ihr linkes Handgelenk. „Ach ja ... du liebst mich ... so, wie deinen frisch angetrauten Gatten. Du wolltest die trauernde Witwe spielen und dann sein ganzes Geld verprassen. Aber da täuschst du dich, Liebste. Er wird morgen der trauernde Witwer sein und um dich trauern. Für dich war immer nur eines wichtig, Geld!

Weißt du, was mir seit jener Nacht am wichtigsten ist?", fragte er. Langsam führte er ihr Handgelenk an seine Lippen, öffnete diese, wobei seine scharfen Fangzähne zum Vorschein kamen.

Entsetzt riss sie die Augen auf.

Dann biss er zu.

Der Schmerz ließ sie zusammenzucken. Schreiend versuchte sie sich zu befreien, doch er packte sie mit der anderen Hand am Hals und drückte sie gegen den kalten, feuchten Stein. Er zog seine Lippen zurück und ließ ihren Arm los. Geschwächt hing sie in seiner Umklammerung. Tränen rannen ihr übers Gesicht.

„Blut … meine Liebste. Blut ist mir seit jener Nacht am wichtigsten. Und dein Blut wird mir wieder etwas von dem Leben zurückgeben, dass du mir genommen hast", sagte er hämisch lachend.

Er drehte ihren Kopf zur Seite und biss blitzartig zu. Fest gruben sich seine Zähne in ihr Fleisch. So fest, dass er ihren Hals mehr zerfetzte, als nur daran zu trinken.

Sekunden später erschlaffte ihr Körper und sie sank leblos zu Boden. Leonardo hatte seine Rache bekommen.

*

Lange hing ich meinen Gedanken nach und fiel in einen unruhigen Schlaf:

Dunkle Gänge … ich rannte durch verwinkelte dunkle Gänge.

In der Ferne hörte ich eine Frau schreien.

Und Wasser … ich hörte Wasser rauschen, laut wie das Tosen des Meeres, und es schien immer näherzukommen. Plötzlich war es da, riss mich mit sich. Ich schmeckte den salzigen Geschmack auf den Lippen. Wie wild schlug ich um mich, als ich plötzlich auf einer Lichtung im Gras lag.

Um mich herum erkannte ich die verfallene Mauern eines Klosters. Sonnenstrahlen fielen durch die Baumkronen über mir, und wie aus dem Nichts manifestierte sich Andrés Gesicht vor mir. Um ihn herum verlief alles in einem Schwall aus Blut …!

„Isabella, Isabella", hörte ich in der Ferne eine Stimme.

*

Als ich die Augen aufschlug, sah ich Andrés Gesicht vor mir. Er schüttelte mich und sah mich besorgt an. „Du hattest einen Albtraum", sagte er und setzte sich neben mich. „Ist alles in Ordnung?"

Ich blickte mich um und begriff erst jetzt, dass ich eingenickt war. Ich saß immer noch auf dem Sofa im oberen Stockwerk und blickte auf Juliettes Bild.

„Ich hatte einen total wirren Traum. Ich rannte durch verwinkelte dunkle Gänge und hörte das Tosen des Meeres, das immer näher kam und mich schließlich mit sich riss. Ich schmecke immer noch den salzigen Geschmack auf den Lippen. Plötzlich lag ich mitten auf einer Lichtung. Um mich herum die Überreste einer Klosterruine, dann hast du mich geweckt", sagte ich. Die blutige Einzelheit zu seiner Erscheinung verschwieg ich.

„Es tut mir leid. Ich wollte vorhin nicht so hart sein, aber Michaels Wohl geht mir über alles. Diese Frau hätte ihn fast das Leben gekostet", sagte er, zog mich in die Arme und küsste mich. „Diese alten Gemäuer und ihre Schauergeschichten können schon manch einen Albtraum auslösen, und vielleicht hat dich die Sache zwischen uns auch etwas verwirrt", sagte er.

„Ich glaube, mein Roman und die Realität vermischen sich zurzeit in meinen Gedanken. Schließlich bist du genauso plötzlich in mein Leben getreten, wie der Graf in meinem Roman, in Maries Leben trat. Auch Michaels enttäuschte Liebe ähnelt der in meinem Buch. Jetzt weiß ich auch, an wen mich Juliette erinnert. Sie hat die gleichen Augen wie meine Freundin Danielle."

„Vielleicht ist an deiner Geschichte mehr real, als du denkst", sagte er.

Die Tür ging auf und Michael betrat den Raum. „Da seid ihr ja. Wir sind für heute fertig. Die restlichen Szenen werden morgen früh gedreht. Das Team fährt jetzt ins Hotel. Wollt ihr etwas essen? Ich kenne da ein gutes Restaurant", sagte Michael.

André stand auf und zog mich hoch. „Komm, lass uns essen gehen, das bringt dich auf andere Gedanken."

Wir verbrachten den Abend in einem kleinen gemütlichen Restaurant. André war wieder so gelöst wie immer und das ließ all meine Sorgen verfliegen.

Als wir wieder am Hotel ankamen, informierte mich André, dass er mit Michael noch den morgigen Drehtag besprechen müsse. So verabschiedeten wir uns, und ich ging allein auf mein Zimmer.

*

In Michaels Zimmer angekommen öffnete André den Kühlschrank und nahm eine Flasche heraus. Er schnappte sich zwei Gläser, schenkte ein und reichte Michael ein Glas.

Dieser hielt es gegen eine Lampe, begutachtete die trübe, rote Flüssigkeit und nahm einen Schluck. „Köstlich, nicht mehr warm, aber dennoch ein Gaumenschmaus, mein Freund. Was willst du jetzt tun? Sie fliegt übermorgen zurück nach Deutschland. Willst du sie morgen ins Kloster bringen, oder soll es heute Nacht geschehen?", fragte Michael.

„Ich weiß es nicht … Sie ist ziemlich durcheinander. In ihrem Unterbewusstsein vermischen sich die Bilder aus Vergangenheit und Gegenwart. Und erinnere dich, ich muss mir sicher sein, dass sie mich wirklich liebt. Ich zweifle nicht an ihr, aber ich bezweifle, dass ich mich heute Nacht beherrschen kann, denn sie raubt mir den Verstand."

„Bring sie ins Kloster, und sie wird sich bestimmt erinnern", sagte Michael.

Ausschnitt aus: Der Fluch des Blutes

Deutschland 2020
Über ein Jahrhundert war bereits verstrichen, eine lange Zeit des Suchens und der unendlichen Reisen lag hinter ihnen. Ohne seinen treuen Begleiter hätte der Graf bereits vor langer Zeit verzweifelt, doch Leonardo unterstützte ihn, wo es nur ging. Er organisierte die Reisen und kümmerte sich um die Unterkünfte. Viele Jahre verbrachten sie damit, durch die Staaten zu reisen. Doch der Graf war schwermütig geworden, und so entschieden sie sich, wieder in ihre Heimat zurückzukehren. Sie kauften Häuser in Paris und Rom.

Der Graf entdeckte seine Liebe zur Kunst und richtete die Domizile mit viel Liebe zum Detail ein. Beide bewunderten die Fortschritte, die die Menschheit in den letzten einhundert Jahren gemacht hatte, und nutzten diese in vollem Maße.

Wie leicht es in der heutigen Zeit war, unerkannt zu leben, zu reisen und zu jagen. Die Menschen gingen nicht mehr auf Hexenjagd. Durch Film und Fernsehen waren Vampire, Werwölfe und Geister zu etwas Alltäglichem geworden. Das machte es ihnen leicht, sich frei zu bewegen. Sie waren nicht wie die Vampire aus den alten Sagen. Sie scheuten kein Licht und keine Kirchen. Von Zeit zu Zeit trieb sie ihr innerer Dämon in die Spelunken und abgelegenen

Gassen, um auf die Jagd zu gehen. Mit der Macht des Geistes konnten sie ihre Opfer in einen hypnotischen Zustand versetzen. Sie bewegten sich mit den Nebeln, und in den Schatten waren sie zu schnell für das menschliche Auge. Sie konnten unerkannt in einem Café sitzen, Vernissagen besuchen oder nachts in den Diskotheken junge Mädchen verführen.

Der Graf kaufte eine alte Villa in Karlsruhe, in der sie die meiste Zeit lebten. Die Stadt am Rhein ließ den Grafen nicht mehr los. Sie war im Verhältnis zu Paris noch sehr jung, aber ihr Wachstum war bemerkenswert und ihr breites Spektrum an Kunst erfreute ihn.

Dennoch hatte der Graf die Hoffnung noch nicht aufgegeben. Und dann lernte er bei einer Vernissage in einem Museum die junge Künstlerin Marie kennen.

*

In meinem Zimmer angekommen ließ ich mir Badewasser ein, orderte eine Flasche Wein und stieg in die Wanne. Meine Gedanken glitten zu André. Die Nacht mit ihm war fantastisch gewesen. Ich fühlte mich sehr wohl in seiner Gegenwart, und insgeheim wusste ich, dass ich ihn nicht wieder verlassen wollte.

Durch ein Klopfen an der Zimmertür wurde ich aus den Gedanken gerissen. Ich rief laut um etwas Geduld, stieg tropfnass aus der Wanne und legte mir schnell ein Handtuch um, und öffnete die Tür.

Mit einem breiten Grinsen betrat André mein Zimmer und schloss die Tür hinter sich. „Was für reizende Aussichten", sagte er und zog mich in seine Arme. Er küsste mich und öffnete dabei die Spange in meinem Haar, das augenblicklich über meine nackten Schultern fiel. Dann hob er mich hoch und trug mich zum Bett.

Stunden später schlief ich erschöpft in seinen Armen ein.

*

Bereits am frühen Morgen war André zum Drehort aufgebrochen, gegen fünfzehn Uhr wollte er mich abholen und mir etwas Besonderes zeigen. Ich wollte mir die Zeit bis dahin mit einem Stadtbummel vertreiben.

Langsam schlenderte ich von Geschäft zu Geschäft. Das rege Treiben um mich herum störte mich nicht sonderlich. Ich hatte mich heute nur dezent geschminkt, meine Haare unter einem Tuch versteckt und zusätzlich für eine große Sonnenbrille entschieden. Ich wollte meine Ruhe und nicht erkannt werden.

In einer kleinen Gasse fand ich einen Laden mit ausgeflippten Klamotten. Wie üblich ließ ich eine Stange Geld da, nachdem ich mich für ein bestimmtes Outfit entschieden hatte: ein schwarzes Schnürtop, einen kurzen schwarzen

Wickelrock mit Schnallen und Ketten und dazu ein paar Boots.

Kurze Zeit später hatte ich es mir in einem der zahlreichen Straßencafés gemütlich gemacht. Ich bestellte ein großes Glas Latte Macchiato, blätterte in einer Zeitschrift und beobachtete die Menschen, die eilig durch die Straßen hetzten. Touristen tummelten sich vor den Souvenirständen. Einige hatten es sich an einem Brunnen bequem gemacht, andere in den Cafés am Platz. Eine Menschentraube hatte sich um eine Gruppe Indios versammelt, die den Flöten ihrer Heimat rhythmische Klänge entlockten.

Im Getümmel fiel mir eine alte Frau auf. In ihrer Hand hielt sie einen Korb mit liebevoll gebundenen kleinen Blumensträußen, die sie den Touristen zum Kauf anbot. Ihr weißes langes Haar hatte sie zum Zopf geflochten. Ihr Erscheinungsbild glich dem einer Zigeunerin aus einem der alten Märchenfilmen. Sie hatte gerade einen Strauß verkauft und sah sich freudestrahlend um. Da trafen sich unsere Blicke, sie sah mich eine Zeit lang an und kam dann zu mir an den Tisch.

„Guten Tag Mademoiselle, erlauben Sie mir, Ihnen einen meiner Sträuße zu schenken? Eine so schöne Frau sollte nicht zu sehr über das Schicksal nachdenken", sagte sie und reichte mir einen Strauß.

„Was wissen Sie über mein Schicksal?", fragte ich und nahm die Blumen entgegen.

Sie ergriff meine Hand und betrachtete die Handfläche, während sie sich auf den Stuhl zu meiner Rechten setzte.

Ich war so überrascht, dass ich sie gewähren ließ. Normalerweise hielt ich nichts von den Frauen, die in den Einkaufspassagen den Passanten mit Handlesen das Geld aus der Tasche zogen. Doch sie strahlte etwas Besonderes, etwas Magisches aus.

„Mein Kind, du bist auf der Suche nach der wahren Liebe."

„Wer ist das nicht?", antwortete ich

„Aber deine Liebe ist sehr stark und mächtig. Dein Liebster hat Ozeane der Zeit durchquert, um dich zu finden. Du wirst schon bald erkennen, was er ist. Aber gib Acht, du musst dir deiner Liebe sicher sein, sonst zieht sie dich ins Verderben. Nur, wenn du ihn aufrichtig liebst, kannst du ihm folgen", sagte sie und griff in ihren Korb. Sie zog eine Kette hervor und reichte sie mir. „Lasst mich dir dies schenken, es wird dir helfen, die Wahrheit zu erkennen."

Ich betrachte die Kette. Ein Rubin, umrandet von kleinen Blutsteinen zierte den Anhänger. „Das kann ich nicht annehmen", sagte ich und streckte ihr die Kette entgegen. „Sie ist viel zu kostbar."

Die alte Frau umklammerte meine Finger, schüttelte den Kopf und drückte meine Hand zurück.

„Dann lasst mich euch etwas Geld geben, dieses Geschenk ist viel zu teuer." Ich griff in meine Tasche.

Sie schüttelte abermals den Kopf. „Nein ... Es ist ein Geschenk, sie wird dich beschützen und dich erkennen lassen." Sie stand auf, drückte mir einen Kuss auf die Stirn und verschwand eilig in der Menschenmenge.

Ich starrte ihr nach und senkte den Blick auf die Kette, die ich in der Hand hielt. Es war wirklich ein schönes Stück, und es ging sehr viel Energie davon aus. Ich spürte ein Kribbeln, das durch meine Hand floss, und legte die Kette in meine Tasche. Gedankenverloren nippte ich an meinem Kaffee.

Hatte sie von André gesprochen?

Sicherlich hatte sie nicht Rene gemeint, die Sache war aus und vorbei. Nach den beiden Nächten mit André hatte ich keinerlei Gefühle mehr für Rene. Aber hatte ich genügend Gefühle für André?

Schließlich kannte ich ihn noch nicht lange, aber die Zeit, die ich bis jetzt mit ihm hatte verbringen dürfen, war wunderbar gewesen. Ich fühlte mich so geborgen bei ihm. Was hatte sie gesagt? Er hätte Ozeane der Zeit überquert, um mich zu finden, und nur, wenn ich ihn aufrichtig liebte, könnte ich ihm folgen. Da fiel mir wieder ein, was André in der Oper zu mir gesagt hatte: „Vielleicht ist an deiner Geschichte mehr real, als du denkst."

Möglicherweise waren wir ja wirklich füreinander bestimmt. Ich nahm den letzten Schluck, bezahlte und machte mich auf den Weg zurück ins Hotel.

*

Ich hatte noch knapp eine Stunde, bis André mich abholen wollte. So zog ich die neuen Sachen an und war mit meinem Spiegelbild zufrieden, doch etwas fehlte noch. Ich ging zu meiner Tasche, nahm die Kette der alten Frau heraus und legte sie um. Da klopfte es auch schon an der Tür, ich öffnete und ließ André herein. Wir begrüßten uns mit einem Kuss, und er musterte mein Outfit.

Da fiel sein Blick auf den Anhänger. Er nahm ihn in die Hand und sah mich sprachlos an. „Von wem hast du diese Kette?"

„Diese Kette hat mir heute eine alte Frau geschenkt. Sie hat mir aus der Hand gelesen und mir prophezeit, dass ich meine wahre Liebe finden werde. Komm schon, lass uns gehen. Vielleicht treffe ich heute meine wahre Liebe, da will ich keine Zeit vergeuden", sagte ich und ging zur Tür.

Sprachlos, wie angewurzelt stand er da und starrte mich an.

„Oder denkst du, dass ich sie vielleicht bereits gefunden habe?", fragte ich, ging auf ihn zu, legte die Arme um seinen Hals und küsste ihn.

„Was wolltet Ihr mir heute zeigen, mein liebster Graf?"

Andre räusperte sich und fand seine Sprache wieder: „Lasst Euch überraschen, meine Liebste", sagte er. „Lasst Euch überraschen!"*

Ausschnitt aus: Der Fluch des Blutes

Marie war eine begnadete Malerin, ihre Bilder fanden reißenden Absatz. Sie gewann viele Auszeichnungen und organisierte ihre Ausstellungen in den erlesenen Museen Europas. Der Graf verbrachte jede freie Minute mit ihr. In ihrer Gesellschaft blühte er regelrecht auf. Auch sie konnte seinem Charme nicht widerstehen, und so wurden sie letztendlich ein Liebespaar.

Der Graf jedoch hatte Angst vor einer erneuten Enttäuschung. Dieses Mal musste er sich ihrer sicher sein, und so beschloss er, den richtigen Zeitpunkt abzuwarten. Eines Abends nahm er sie nach einer Vernissage mit in seine Villa, um den erneuten Erfolg ihrer Bilder zu feiern. Leonardo hatte ein romantisches Dinner bei Kerzenschein auf der Terrasse vorbereitet.

Im romantischen Schein des Mondlichtes gestand der Graf ihr seine Liebe und die stetige Suche nach ihr. Er hielt sie in seinen Armen, und endlich sah er sich bereit, ihr Blut zu kosten. Als sich ihr warmer Lebenssaft über seine Lippen ergoss, wusste er, dass seine Suche beendet war.

Die Frau in seinen Armen war seine Geliebte Constance. Doch wie würde sie sich entscheiden? Wie sollte er es ihr beibringen? Ihr offen darlegen, dass er eine blutsaugende Bestie war, die alles auf sich genommen hatte, nur, um sie wieder in die Arme schließen zu können. Von ihrem Blut berauscht und von seiner Liebe gefesselt, offenbarte er sich ihr.

Ruhig folgte sie seinen Worten. „Gib mir bitte etwas Bedenkzeit. Ich muss das alles erst einmal verarbeiten", sagte sie.

Er gab ihr einen Kuss, ließ sie dann allein auf der Terrasse zurück und ging ins Schlafzimmer.

Nach einiger Zeit betrat sie das Zimmer und kam auf ihn zu. „Ich habe genug nachgedacht", sagte sie und legte die Arme um seine Hüften. „In einem bin ich mir sicher, dass ich nicht mehr ohne dich leben kann. Ich weiß wie sehr du mich liebst und ich liebe dich auch. Bereits vom ersten Tag an."

Von ihrem Liebesgeständnis bestärkt, hob er sie hoch und trug sie zum Bett, wo sie sich leidenschaftlich liebten. Als Marie bereits vom Blutverlust geschwächt in seinen Armen lag, schlug er sich die Fänge in sein Handgelenk und führte es an ihre Lippen. „Trink, meine Geliebte, und werde endlich eins mit mir."

Sie schloss die Lippen um die offene Wunde und begann daran zu saugen. Zu spüren wie sie sein Blut trank, versetzte ihn derart in Ekstase, dass er den Kopf in den Nacken warf. Seine Fänge waren vollständig ausgefahren. „Meine Geliebte, endlich werden wir wieder vereint sein. Ich liebe dich. Auf ewig", sagte er und schlug die Fänge in ihren Hals, um ihre Liebe mit ihrem Blut zu besiegeln!

*

Wir fuhren nach unten in die Tiefgarage und gingen zu Andrés Wagen, auf dessen Rücksitz ein Picknickkorb stand. Wir stiegen ein und machten uns auf den Weg.

Nach gut einer Stunde Fahrt bog André in einen einsamen Feldweg ein. Am Waldrand angekommen, hielt er an und wir stiegen aus. André nahm den Korb samt Decke aus dem Auto.

„Komm lass uns auf die Lichtung da hinten gehen, die ist perfekt für ein Picknick", sagte ich.

„Nein, komm mit mir. Ich muss dir etwas zeigen", sagte er, nahm meine Hand und führte mich am Waldrand entlang über eine kleine Brücke, immer tiefer in den Wald hinein. Uralte Buchen und Eichen kreuzten unseren Weg. Dieser Ort kam mir seltsam vertraut vor. Durch das Dickicht hindurch, konnte ich bereits Mauerreste und die Überbleibsel einer verfallenen Kapelle erkennen. Wir traten durch eine Maueröffnung und standen plötzlich inmitten einer verfallenen Klosterruine.

„Du bringst mich zu einem Kloster?", fragte ich.

„Das ist nicht irgendein Kloster, es ist unser Kloster", sagte er und zog mich hinter sich her in den offenen Innenraum der Kapelle. Das Dach war eingestürzt. Der Boden war überzogen von wild wucherndem Rasen und Efeu. Im hinteren Teil stand eine riesige Buche, die bereits das Dach durchbrochen hätte, wäre es noch vorhanden gewesen. André ließ meine Hand los, breitete die Decke aus und packte das Picknick aus.

Ich sah mich um und konnte es nicht fassen, es war tatsächlich das Kloster aus meinen Träumen. Es war das Kloster aus meinem Buch. Es glich ihm bis ins kleinste Detail.

André hatte mittlerweile den Wein geöffnet und reichte mir ein Glas. Ich nahm es und setzte mich zu ihm auf die Decke.

„Das gibt es doch nicht, das ist wirklich mein Kloster. Es hat sich verändert, aber die Ansätze sind immer noch zu erkennen", sagte ich.

„Es ist unser Kloster, meine Liebe. Ich hatte gehofft, dass du dich erinnerst, wenn ich dich hier herbringe. Isabella, deine Geschichte ist keine Erfindung. Es sind Teile deiner Erinnerungen an ein vergangenes Leben. Ein Leben, das du mit mir geführt hast. Ich liebte dich mehr als mein Leben, und den Gedanken, dich zu verlieren, konnte ich nicht ertragen, deshalb bin ich diesen Weg gegangen. Ich habe Jahrhunderte damit zugebracht, dich wiederzufinden, und als ich von deinem Buch erfahren habe, wusste ich, dass es nur du sein kannst. Meine verlorene Liebe, die endlich zu mir zurückgekehrt ist."

Ich war verwirrt und griff nach der Kette.

„Diese Frau, die dir die Kette gegeben hat, war die alte Zauberin aus unseren Wäldern, jene, die mir half, dich ewig zu lieben", sagte er.

Entweder war er vollkommen verrückt, oder es steckte doch ein Körnchen Wahrheit in seinen Aussagen. Hielt er sich für einen Vampir oder war er wirklich einer?

Was meinen Roman betraf, so hatte er nicht unrecht, es war nicht alles erfunden. Schon so lange ich denken träumte ich von diesem Ort. Ich hatte bereits mehrere Rückführungen hinter mir und wusste, dass es sich um Fragmente eines früheren Lebens handeln musste.

„Du willst mir also sagen, dass du ein echter Vampir bist, genau der aus meinem Buch? Und ich deine Constance? Aber wenn es so wäre, wie hätte ich das alles schreiben wissen können, wo ich doch vor dir gestorben bin? Dieser Ort verfolgt mich seit Jahren, und nun scheint er mir realer als je zuvor."

„Ich denke, dass unsere Seelen stets miteinander verbunden waren und du diese Botschaften von mir übermittelt bekommen hast. Du hast die Geschichte von Michael und Juliette so detailliert beschrieben, dass man denken könnte, du wärst dabei gewesen", sagte er.

„In der Nacht nach der Party, auf der Terrasse … da hast du mich gebissen und mein Blut getrunken, oder? Und in der darauffolgenden Nacht auch, habe ich recht?"

„Ja … Ich war mir sicher, dich endlich gefunden zu haben, und als du in meinen Armen lagst, musste ich mir Gewissheit verschaffen."

Instinktiv griff ich mir an den Hals und musste an dieses Gefühl der absoluten Ekstase denken. Da fielen mir wieder die Worte der Wahrsagerin ein. „Weißt du, was mir die Wahrsagerin gesagt hat? Unsere Liebe wäre sehr stark und sehr mächtig, mein Liebster hätte Ozeane der Zeit überquert, um mich zu finden. Ich würde ihn schon bald als das erkennen, was er ist. Aber ich solle mich in Acht nehmen, ich müsse mir meiner Liebe sicher sein, sonst würde sie mich ins Verderben ziehen. Nur wenn ich ihn aufrichtig liebe, kann ich ihm folgen."

Ich nahm einen Schluck Wein, stellte das Glas beiseite und zog mir meine Bluse über den Kopf. „Beweise es mir … Beiß mich. Lass mich sehen, dass es nicht nur wieder eine deiner Shows mit Kunstblut ist." Ich setzte mich auf seinen Schoß, griff in sein Haar, zog seinen Kopf zurück und küsste ihn.

Plötzlich spürte ich seine Hände, wie er sie von meinen Schenkeln aus nach oben über meinen Rücken gleiten ließ.

Wir küssten uns, dann setzte ich meine Lippen an seinen Hals und überzog ihn abwechselnd mit leichten Bissen und Küssen. Ich wusste, dass ihn das rasend machte.

Er griff in mein Haar, zog mich hoch und begann mein Dekolleté mit Küssen zu überziehen, dann setzte er die Zähne ein.

Ich blickte auf ihn hinab und beobachtete, wie er seine spitzen Fänge über meine Haut gleiten ließ. Er ließ mich nicht aus den Augen, während sich seine Pupillen zu einem hellen Bernstein veränderten.

Dann grub er die Fänge oberhalb meiner Brust in mein weiches Fleisch. Der Schmerz, der mich durchfuhr, ließ mich erschaudern. Er ließ von mir ab, und ich beobachtete, wie sich mein Blut seinen Weg aus den Wunden über meine Brüste nach unten bahnte. Seine Lippen waren blutverschmiert, als ich sie mit meinen berührte, schmeckte ich den metallischen Geschmack meines eigenen Blutes.

Dann griff er in meinen Nacken, drehte meinen Kopf zur Seite, sodass sich die Haut am Hals spannte.

„Ich liebe dich", sagte er und biss zu.

Andrés Fänge bohrten sich fest in meinen Hals. Der Schmerz, der mich durchfuhr, jagte tausend Blitze durch meinen Körper. Schmerz und Erregung hielten sich die Waage. Mit aller Kraft krallte ich meine Nägel in seinen Rücken. Seine Lippen umschlossen die Wunde. In immer tieferen Zügen trank er mein Blut.

Langsam schwanden mir die Sinne und ich schien auf einem Strom aus Blut davonzutreiben. Diese Ekstase war unbeschreiblich und intensiver als alles, was ich je zuvor gespürt hatte.

Schließlich löste er seine Lippen von meinem Hals und ließ mich sanft zu Boden sinken.

Er zog seinen Mantel aus und knöpfte das Hemd auf, nahm ein Messer aus dem Picknickkorb und zog es sich in Höhe der Brust durch das Fleisch. Sogleich trat ein dichter Schwall Blut aus der Wunde. Er griff in meinen Nacken, zog mich hoch und führte meine Lippen an die Wunde. „Trink, meine Liebste, und werde endlich eins mit mir."

Ich folgte mit meiner Zungenspitze der Spur, die sein Blut gezogen hatte, legte dann die Lippen auf die Wunde und begann zu trinken. Wie flüssiges Feuer bahnte sich sein Blut den Weg in meinen Körper. Ich spürte es in jeder Pore meines Körpers. Blitze tanzten vor meinen Augen, aus denen sich Bilder formten. Mit seinem Blut offenbarte er mir seine Gefühle, seine Gedanken, seine Seele.

Dann drückte er mich erneut zu Boden und stieß die Fänge in mein Fleisch.

Wieder spürte ich, wie er an meinem Hals trank, doch sein untotes Blut hatte meinen Körper bereits in Besitz genommen. Es brannte wie Feuer in meinen Adern und verlangte nach mehr von diesem lebensspendendem Elixier.

Ich drückte seine Körper nach oben, dreht mich mit ihm, sodass ich auf ihm zum Sitzen kam. Er war so schön, so perfekt. Deutlich nahm ich die Vibration seiner Halsschlagader unter der dünnen Haut wahr. Ich legte die Lippen auf seine Haut. Ohne die kleinste Mühe fuhren meine Fänge aus und bohrten sich in sein Fleisch.

André bäumte sich auf und krallte die Finger fest in meinen Rücken. Ein Stöhnen kam über seine Lippen. „Ja, trinke von mir meine Liebste."

Pure Ekstase hüllte uns in einen Schwall aus Blut. Eng umschlungen lagen wir noch eine gefühlte Ewigkeit da, bis André sich von mir löste. Er zog eine Flasche aus dem Korb, öffnete sie, schenkte ein und reichte mir das Glas.

„Trinken wir auf unser gemeinsames Leben in der Unendlichkeit, meine Liebste", sagte André und küsste mich.

Ende

Wie verkuppelt man seine beste Freundin mit einem Vampir?

Sechs Wochen waren nun seit meiner Wandlung vergangen. André war nicht wohl bei dem Gedanken gewesen, mich allein nach Frankfurt zu lassen. Er hatte mich alles gelehrt, was ich wissen musste, und mich mit einem Dutzend Flaschen Reserveblut ausgestattet. Es hatte mir über die Zeit, in der ich nicht jagen konnte, hinweggeholfen. Von Zeit zu Zeit würde ich allerdings warmes, frisches Blut benötigen.

Ich hatte die letzten beiden Wochen in Frankfurt am Main damit zugebracht, meine Angelegenheiten zu regeln und mich von meinen Freunden zu verabschieden. Morgen würde ich meine Brücken hier endgültig abbrechen, um zu André nach Paris zu ziehen. Mein Zimmer in Frankfurt am Main würde ich dann gegen eine Villa am Stadtrand von Paris tauschen, in der ich mit André und Michael wohnen würde.

Der Abschied von meiner Mitbewohnerin Danielle fiel mir besonders schwer. Wir kannten uns bereits seit unserer Schulzeit und hatten uns die letzten vier Jahre diese Wohnung geteilt. Es brach mir das Herz Danielle in Frankfurt zurückzulassen. Aber sie hatte mir versprochen, mich regelmäßig in Paris zu besuchen.

Danielle war auch sofort aufgefallen, dass ich mich verändert hatte. So erzählte ich ihr, dass André nicht nur den Vampir spielte, sondern dass er ein Vampir war und mich ebenfalls zu einem gemacht hatte.

Anfangs war sie schockiert gewesen, doch sie hatte auch gespürt, wie glücklich ich mit André war und freute sich letztlich für uns. „Ich könnte mich nie und nimmer Hals über Kopf verlieben, und schon gar nicht in einen Vampir", waren ihre Worte. Sie war selbstständige Fotografin und dank ihres gut gehenden Studios unabhängig und immer gut mit Aufträgen eingedeckt. „Für eine feste Beziehung habe ich gar keine Zeit, mein Lover ist und bleibt meine Kamera", beliebte sie immer zu scherzen.

An unserem letzten gemeinsamen Abend, machten wir es uns mit Pizza, Wein und einem Film bequem. Es war unser letzter gemeinsamer Abend. Morgen früh würde Danielle meine Sachen und mich mit ihrem Transporter nach Paris bringen. Sie würde ein paar Tage bleiben, und dann würden wir uns wahrscheinlich einige Zeit nicht sehen.

Ich räumte gerade die letzten Kartons in den Flur, als der Pizzadienst klingelte und Danielle ihre Bestellung entgegennahm. Danach machten wir es uns im Wohnzimmer gemütlich.

Ich nahm eine von Andrés Flaschen und goss mir die trübe, dunkle Flüssigkeit in ein Glas.

Danielle beobachtete fasziniert, wie ich mein gut gekühltes Reserveblut genoss. „Der Gedanke daran, dass in deinem Glas Blut ist und kein Wein, ist schon etwas surreal", sagte sie und nahm einen Schluck von ihrem eigenen Wein.

Kurz nach Mitternacht klingelte es an der Haustüre. Verdutzt sahen wir uns an.

„Erwarten wir noch jemanden?", fragte ich.

„Nicht, dass ich wüsste", sagte Danielle.

Ich stand auf und ging zur Tür, um zu öffnen. Als ich die Tür aufzog, blickte ich in zwei mir vertraute bernsteinfarbene Augen, die mich über einem riesigen Strauß roter Rosen anblickten.

„Ich konnte es nicht mehr ertragen, von dir getrennt zu sein", sagte André, zog mich in seine Arme und küsste mich.

„Du bist verrückt", sagte ich und führte ihn ins Wohnzimmer. „Danielle, darf ich dir den wahrscheinlich liebestrunkensten Vampir aller Zeiten vorstellen?", sagte ich und lächelte André an.

Sie stand auf und reichte ihm die Hand. „Hallo, ich bin Danielle, Danielle Canet, es freut mich, dich kennenzulernen."

André war zur Salzsäule erstarrt.

Ich stieß ihn an, und er fing sich wieder.

Er ergriff Danielles Hand. „André Laveran. Die Freude ist ganz meinerseits. Du erinnerst mich an eine alte Freundin. Du hast nicht zufällig Verwandtschaft in Paris?"

„Nein, leider nicht", sagte Danielle. „Zumindest keine lebende mehr. Meine Urgroßmutter kam Mitte des 19. Jahrhunderts von Paris aus nach Deutschland. Ihre Geschwister hatten leider keine Kinder, somit dürfte ich keine lebende Verwandtschaft mehr in Paris haben."

Ich blickte André an und wusste genau, was er dachte. „Kann ich dich kurz unter vier Augen sprechen?", sagte ich. Ich zog ihn in mein Zimmer, lehnte mich mit dem Rücken gegen die Zimmertür und starrte ihn an. „Du glaubst doch nicht, dass sie mit ihr verwandt ist, oder? Ja, sie sieht Juliette ähnlich, aber das kann doch nicht sein, oder?"

„Sie ist Juliette wie aus dem Gesicht geschnitten. Ihre Haare sind heller und sie ist jünger, aber ihre Augen verraten sie. Ich muss Michael anrufen."

„Was? Nein … Wieso?", brachte ich stotternd heraus. „Das darfst du nicht, ich lasse nicht zu, dass er Danielle etwas antut", sagte ich aufgebracht.

André kam zu mir, legte die Handflächen auf mein Gesicht und gab mir einen zärtlichen Kuss. „Er wird ihr nichts tun. Trotz Juliettes Verrat hat er sie geliebt. Er hat sich gerächt und sie getötet, aber er hat nie aufgehört, sie zu lieben. Meine

Suche nach dir hat ihn angespornt, nach ihrer Seele zu suchen."

„Aber Danielle ist nicht wie Juliette. Sie ist liebevoll, treu, eine gute Seele. Ich habe sie noch nie etwas Unrechtes tun sehen und ich kenne sie seit über zwanzig Jahren."

„Versprich mir, dass er ihr nichts antut ... Versprich es mir!"

„Ich verspreche es dir, er wird ihr nichts tun. Aber er hat ein Recht, es zu erfahren. Das kann kein Zufall sein! Sie ist eine Nachfahrin von Juliette, und vielleicht ist es ihr Schicksal, Michael zu begegnen", sagte er.

Ich dachte an uns und wie das Schicksal uns zusammengeführt hatte. Ich war in Panik und hatte Angst um Danielle. Aber ich musste ihm zustimmen, das konnte kein Zufall sein.

*

André zog sein Handy aus der Tasche und wählte Michaels Nummer.

„Hallo André. Bist du gut angekommen? Ist mit Isabella alles in Ordnung?"

„Ja, mit ihr ist alles in Ordnung, mein Freund. Ich habe heute Danielle, Isabellas Freundin, kennengelernt, und ob du es mir glaubst oder nicht, ich denke, dass sie eine Nachfahrin von Juliette ist."

Am anderen Ende herrschte Stille.

André konnte sich gut vorstellen, wie schockiert sein Freund sein musste. „Sie sieht aus wie Juliette. Sie hat ihre Augen. Juliette könnte ihre Urgroßtante sein. Danielles Urgroßmutter kam Mitte des 19. Jahrhunderts von Paris nach Deutschland. Michael … sprich mit mir."

„Ich … ich weiß nicht. Wie ist so etwas möglich? Bist du dir sicher?"

„Ja, ziemlich sicher. Sie heißt sogar Canet mit Nachnamen. Sie kommt morgen mit uns nach Paris, und ich musste Isabella versprechen, dass du Danielle nichts antust. Hörst du? Du wirst ihr keinen Schaden zufügen."

„Ja, ich werde ihr nichts tun."

„Ich hoffe, dass du dich unter Kontrolle hast. Ich hoffte es um ihretwillen!"

*

„Noch gut eine halbe Stunde Fahrt, dann dürften wir Paris erreichen. Wenn uns kein Stau dazwischen kommt", sagte Danielle und sah mich nachdenklich an. „Was ist los? Du bist so ruhig."

„Ach Danielle. Es gibt da noch etwas, was ich dir sagen sollte, aber ich will dir keine Angst machen."

Überrascht sah sie mich an. „Was ist los?"

„Ich habe dir doch von Michael, Andrés Freund erzählt", sagte ich. „Du kennst doch mein Buch und du kennst die Geschichte von

Leonardo und seiner Freundin, der Schauspielerin. Leonardo war in Wirklichkeit auch eine Romanvorlage, nämlich für Michael. Das bedeutet, dass Michael diese Frau getötet hat, da sie ihn verraten hat. Weißt du, wie diese Frau hieß?", fragte ich sie.

„Nein, woher sollte ich das. Ihr Name wurde nie erwähnt", sagte Danielle.

„Ich habe in der Oper ein Bild von ihr gesehen. Ihr Name war Juliette Canet."

„Was?", sagte Danielle überrascht.

„Danielle, wie es aussieht war diese Frau deine Großtante. Du siehst ihr sehr ähnlich. Jetzt habe ich Angst, weil ich nicht weiß, wie Michael auf dich reagieren wird. Er hat Juliette sehr geliebt, aber er hat sie auch getötet."

An Danielles Schweigen erkannt ich, dass sie das Gehörte erst einmal verarbeiten musste.

„Du willst mir also sagen, dass dieser Michael sich entweder in mich verlieben oder über mich herfallen wird, um mich wie meine Tante zu töten. Na, das sind ja tolle Aussichten!", sagte sie.

„Es tut mir leid, ich hätte es dir früher sagen sollen. Aber seit André dich gestern Abend gesehen hat, ist er sich sicher, dass du Juliettes Nachkömmling bist. Er hat mir versprochen, dass Michael dir nichts tun wird", sagte ich und hofft sie dadurch zu beruhigen.

„Also, wenn ihr auf mich aufpasst, muss ich nur noch verhindern, dass er sich in mich verliebt", sagte Danielle. „Aber du weißt doch, dass ich keine Zeit für Männer habe, und die Ernährungsgewohnheiten von Vampiren sind so gar nicht mein Ding", sagte sie und lenkte den Wagen auf den Parkplatz vor Andrés Haus.

*

„Sie sieht wirklich aus wie Juliette!", sagte Michael, als er einen Blick aus dem Fenster im ersten Stock warf. „Aber ihr Haar ist nicht schwarz, wie es das von Juliette war."

Er beobachtete Danielle. Ihr gelocktes, haselnussbraunes Haar schimmerte im Sonnenlicht in den verschiedensten Nuancen. Sie hatte es zum Pferdeschwanz zusammengebunden, doch durch die lange Fahrt fielen ihr einzelne Strähnen wild ins Gesicht. Sie trug eine dunkle Jeans, und der enganliegende Rollkragenpullover legte sich verführerisch um ihre Rundungen. Aber es waren ihre blauen Augen, die ihm den Atem raubten.

Eigentlich hatte er ihr aus dem Weg gehen wollen, doch seine Neugier war zu groß gewesen. Und jetzt beobachtete er, wie sie aus ihrem Wagen stieg und mit André und Isabella das Haus betrat.

*

Nach ihrer Ankunft hatte Isabella sie in ein großes Badezimmer im Erdgeschoss der Villa geführt, in dem sie sich etwas frisch machen konnte. Als sie das Bad kurze Zeit später verließ, ging sie den Gang entlang und blieb vor der Tür stehen, die, wie Isabella ihr erzählt hatte, ins Wohnzimmer führte. Sie klopfte.

„Herein", hörte sie André von der anderen Seite. Danielle öffnete und trat ein.

Isabella und André standen mit einer weiteren männlichen Person im Raum. Das musste Michael sein. Er hatte ihr den Rücken zugewandt und goss gerade etwas in ein Glas, das er dann Isabella reichte. Er war größer als André. Langes braunes Haar fiel ihm bis weit über die muskulösen Schultern.

Danielle ging langsam auf die drei zu.

„Michael", sagte Isabella, „das ist Danielle."

Langsam drehte er sich zu ihr um, und augenblicklich stockte ihr der Atem. Elegant geschwungene Augenbrauen betonten seine smaragdgrünen Augen, mit denen er sie fest fixierte. Ihr Blick fiel auf seine vollen sinnlichen Lippen, die von einem Dreitagebart umrandet waren. Sofort erwachte in ihr der Drang, diese Lippen zu küssen. Sie fragte sich, ob man hinter diesen herrlichen Lippen wohl seine spitzen Zähne sehen konnte.

Seine sinnliche tiefe Stimme riss sie aus ihren Gedanken, und deutlich spürte sie, wie ihr die Röte ins Gesicht schoss. „Michael Leonardo

Montanari", stellte er sich vor. Länger als nötig hielt er ihre Hand und trieb ihr eine weitere Welle Röte ins Gesicht. Als er sie losließ, lag ein wissendes Lächeln auf seinen Lippen.

Nur stotternd brachte sie ihren Namen heraus. „Da … Danielle … es freut mich, dich kennenzulernen."

„Möchtest du etwas trinken?", fragte er sie.

„Danke, ja gern. Wasser wäre nicht schlecht."

Er drehte sich um, schenkte ihr ein Glas Wasser ein, und reichte es ihr. „Ihr ruht euch am besten aus, während André und ich die Sachen aus dem Wagen holen", sagte er und verließ mit André das Zimmer.

Mit einer schnellen Bewegung boxte sie Isabella in den Oberarm. „Konntest du mich nicht vorwarnen und mir sagen, dass er aussieht wie ein junger Gott? Meine Güte, diese Augen … und ich stehe da und kriege nicht mal meinen Namen heraus."

Isabella lachte. „Meine erste Begegnung mit André lief genauso ab, ich bekam auch keinen Ton heraus. Komm, wir holen wir deine Sachen und dann zeige ich dir dein Zimmer."

*

Michael hatte mit André fast alle Kartons aus Danielles Wagen in den ersten Stock verfrachtet, als die Frauen nach draußen kamen, um die restlichen Sachen aus dem Wagen zu holen.

Michael konnte seinen Blick nicht von ihr losreißen. Überrascht hatte er festgestellt, dass er sie vorhin aus dem Konzept gebracht hatte. Ihre Blicke waren verlegen gewesen, und Schamesröte war ihr ins Gesicht gestiegen.

Wie reizend sie ist, dachte er. Nicht einmal Juliette hat mich bei unserer ersten Begegnung so sehr überwältigt. Sein Blick glitt über ihren Körper und blieb bei an ihren vollen Lippen hängen. Augenblicklich schoss Speichel in seinen Mund, und sein Zahnfleisch begann zu schmerzen. Wenn er sich jetzt nicht zusammenriss, würden seine Fänge ausfahren. Seine Augen hatten wahrscheinlich einen helleren Farbton angenommen, was ein Zeichen seiner beginnenden Erregung und Begierde war.

Er begehrte sie!

„Reiß dich zusammen, mein Freund, wenn sie dich so sieht, wird sie schreiend die Flucht ergreifen", riss ihn Andrés Stimme aus seinen Beobachtungen. Mit einem wissenden Grinsen stellte er sich vor Michael und schirmte ihn vor den Frauen ab.

„Ist es so offensichtlich?", fragte Michael.

„Na, sagen wir mal so: Wenn du dich nicht in den Griff kriegst, stehst du gleich mit ausgefahrenen Fängen vor ihr, und ich habe keine Ahnung, wie sie darauf reagieren wird."

Michael fuhr sich durchs Haar und fluchte vor sich hin. So hatte er nicht reagieren wollen. Vor ihrer Ankunft war er wütend gewesen.

Wütend auf sich und auf sie. Er wollte keine erneuten Verstrickungen. Seit Juliettes Tod hatte er keine Frau mehr an sich herangelassen. Sie waren nur noch Mittel zum Zweck für ihn. Nur Nahrung!

Und jetzt … jetzt war *sie* da, und Danielle würde einige Tage bleiben. Wie sollte er das überstehen, ohne sie in seine Arme zu reißen und ihr die Fänge in ihren reizenden Hals zu schlagen?

André ergriff die Initiative. Er ging zu den Frauen und legte die Arme um ihre Schultern. „Kommt, lasst uns reingehen. Michael braucht etwas Abstand und vielleicht eine kalte Dusche."

*

Als sie zum Haus zurückgingen, blickte sich Danielle noch einmal um, und ihr Blick traf Michaels.

Seine Augen leuchteten in einem intensiven Smaragdgrün, und seine Gesichtszüge wirkten kantiger, härter. Sein Haar fiel ihm in langen Strähnen in die Stirn, als er sie fest mit seinem Blick fixierte. Er sah wild und gefährlich aus, wie ein Raubtier, das sie jeden Augenblick anfallen würde.

Fasziniert taxierte sie ihn. Er strahlte pure Erotik aus, und ein wollüstiger Schauer überkam sie, gerade so, als würde sie seine Hände auf ihrem Körper spüren.

Dann drehte er sich weg, legte die Hände in den Nacken und verschwand hinter der offenen Transporter Tür.

Was hatte André gesagt? Michael bräuchte etwas Abstand und vielleicht eine kalte Dusche? Abstand? Von mir etwa? Hatte sie diese Reaktion in ihm ausgelöst? Danielle musste sich eingestehen, dass auch er in ihr etwas auslöste. Er hatte sie regelrecht umgehauen. Noch nie war sie so einem Mann begegnet. Vielleicht lag es an der Tatsache, dass er kein normaler Mensch war. Er war wie André, ein Vampir.

Sie erreichten die erste Etage und Isabella zeigte ihr ihr vorübergehendes.

„Hier kannst du es dir bequem machen, sag nur Bescheid, wenn du etwas brauchst, Danielle. Hallo … Isabella an Danielle."

„Was? Entschuldige, ich war gerade etwas abgelenkt", sagte sie und errötete, als sie den wissenden Blick ihrer Freundin sah. „Wie … wie ist es so mit André? Er tut dir doch nicht weh, oder? Ich meine, tut es weh, wenn er dich beißt?"

Isabella schüttelte den Kopf. „Nein, es ist das Erotischste, was ich je erlebt habe. Er würde mir nie wehtun."

„Wie gut kennst du Michael?", fragte Danielle.

„Er ist Andrés rechte Hand und sein bester Freund. Sie kennen sich schon sehr lange. Er hat Michael gewandelt, als Juliette versucht hatte, ihn zu töten."

„Was? Sie hat versucht, ihn zu töten?", fragte Danielle entrüstet.

„Ja, sie hätte es auch fast geschafft, hätte André ihn nicht schwerverletzt gefunden und gewandelt", sagte Isabella.

„Wie konnte sie nur so etwas tun?"

„Juliette war im wahrsten Sinne, eine Schwarze Witwe", sagte Isabella. „Sie suchte sich reiche Männer, nahm sie aus und ließ sie dann umbringen. In Michaels Büro hängt ebenfalls ein Bild von ihr, und du siehst ihr verdammt ähnlich."

Bei dieser Aussage fielen Danielle die Worte ihrer Großmutter wieder ein. „Meine Großmutter hat mir erzählt, dass sie eine Tante hatte, die in Paris als Schauspielerin gearbeitet hat. Eine böse Frau, die die Männer ausnahm, und als sie plötzlich spurlos verschwand, nahm man an, dass sich einer ihrer Lover an ihr gerächt hätte. Diese Frau, die Michael getötet hat, … war wirklich meine Urgroßtante! Kannst du mir ihr Bild zeigen?"

„Ja, komm mit, ich bringe dich hin."

*

Isabella hatte sie in ein modern eingerichtetes Büro geführt und war dann wieder gegangen.

Vor der Balkontür stand ein großes Sofa, und hinter dem imposanten Schreibtisch hing ein Bild, das nicht zur restlichen Einrichtung passte.

Es hatte einem schweren goldenen Rahmen und schien sehr alt zu sein. Darauf abgebildet war eine Frau mittleren Alters. Sie hatte langes schwarzes Haar und strahlend blaue Augen. Beim näheren Betrachten konnte Danielle eine gewisse Ähnlichkeit zwischen sich und ihr nicht verleugnen. Ihre blauen Augen und gewisse Gesichtszüge deuteten zweifellos auf Verwandtschaft hin.

„Du siehst ihr sehr ähnlich", hörte sie plötzlich eine Stimme hinter sich und fuhr abrupt herum.

*

Danielle hatte vor seinem Schreibtisch gestanden und das Bild von Juliette betrachtet. Als er sie angesprochen hatte, war sie erschrocken herumgefahren und starrte ihn nun an, als wäre er ein Geist.

Nein ... kein Geist ... wie einen Vampir ... einen Blutsauger, der ihre Tante getötet hatte.

Sie trat einen Schritt zurück und stieß an den Schreibtisch. Ängstlich blickte sie ihn an und sah sich in alle Richtungen um, in die sie hätte fliehen können. Noch bevor sie sich auch nur einen Zentimeter bewegen konnte, war er bei ihr.

Er griff ihre Hände, zog sie an sich und fixierte sie zwischen sich und dem Schreibtisch. „Hab keine Angst, ich werde dir nichts tun."

„Du hast sie getötet?", fragte Danielle und blickte ihn mit ihren großen, wunderschönen Augen an. „Meine Großmutter hat mir von ihr erzählt, und dass sie spurlos verschwunden ist. Sie ist schuld daran, dass du ein … ein Vampir wurdest?"

„Ja, das stimmt. Ohne André wäre ich damals gestorben."

„Was … was wirst du jetzt tun? Wirst du mich …", mehr brachte sie nicht heraus.

„Als André mir von dir erzählt hatte, war ich wütend. Wütend auf dich und auf mich, weil die alten Wunden wieder aufzubrechen drohten. Aber dann sah ich dich, und es gab nur noch eines, was ich tun wollte", sagte er und beugte sich zu ihr hinunter. Zärtlich küsste er ihre samtweichen Lippen und glitt dann zu ihrem Hals, den er augenblicklich zu küssen begann.

Vor Schreck verkrampfte sie sich.

Er zog ihre Hände nach unten und verschränkte sie hinter ihrem Rücken. „Du schmeckst so gut. Deine Haut ist weich wie Seide, und dein Blut, ich kann hören, wie es durch deine Adern fließt. Ich muss dich kosten, ich kann nicht anders." Er ließ ihre Arme los und glitt mit seinen Händen über ihren Rücken. Er glitt unter ihren Pullover und zog ihn ihr über den Kopf.

Sie war so perfekt.

Danielle sah ihn an. Sie hatte die Lippen leicht geöffnet und sie zitterten, weil sie heftig ein- und ausatmete. Aber nicht vor Angst. Nein, sie war erregt. Sie begehrte ihn!

Dann küsste er sie abermals. Er sog an ihrer Unterlippe und zog sie zwischen seine Zähne. Seine Zunge sucht ihre, und sie ließ es geschehen. Danielle schloss sich ihm sogar an, indem sie mit seiner Zunge spielte. Sie stöhnte leise an seinen Lippen und glitt mit den Händen über seinen Rücken. Sie fuhr unter sein Hemd und strich über seine Muskeln.

Jetzt zog sie ihm das Hemd über den Kopf und ließ ihre Hände über seine Brust wandern. Sie streichelte ihn, fand seine Brustwarzen und spielte mit ihnen.

Sein Kuss wurde fordernder. Er suchte ebenfalls ihre Brust. Er glitt unter den seidenen Stoff ihres BHs, und seine Berührungen entlockten ihr ein leises Stöhnen. Jetzt glitt er erneut mit seinen Lippen zu ihrem Hals.

Er küsste und biss sie abwechselnd. Seine Fänge waren ausgefahren und glitten über ihre Haut. „Was machst du mit mir? Du machst mich wahnsinnig, Frau." Er blickte sie an.

Sie atmete immer noch heftig und sah ihn ohne jede Angst an, und dass, obwohl seine Fänge ausgefahren waren.

„Du bist so wunderschön", sagte sie. „Wild, leidenschaftlich und so außergewöhnlich. Wird es wehtun?", fragte sie und sah ihn voller Begierde an.

„Nein, wird es nicht … etwas vielleicht, aber ich werde dich lieben wie kein anderer je zuvor." Er hob sie hoch und trug sie zum Sofa, auf dem er sie vorsichtig ablegte. Voller Begierde betrachtete er Danielle und wusste, heute Nacht würde sie ihm gehören.

*

Ich hatte Danielle in Michaels Büro zurückgelassen. Sie wollte sich die Sache erst einmal allein durch den Kopf gehen lassen. Man erfährt ja nicht alle Tage, dass die eigene Verwandtschaft von einem Vampir gemeuchelt wurde. Sie war sehr verwirrt, aber wie ich überrascht festgestellt hatte, hegte sie doch ein gewisses Interesse für Michael.

Bei Michael machte ich mir keine Sorgen mehr. Er würde ihr nichts antun, ganz im Gegenteil. Wie er auf Danielle reagiert hatte, ließ auf ein ganz anderes Interesse schließen. Er begehrte sie.

Mit dem gleichen Blick sah André mich immer an, und ich konnte mir vorstellen, dass Danielle Michaels Charme erlegen würde.

Ich hoffte, dass sie mit ihm genauso glücklich werden würde, wie ich es mit André war. Er war der Mann meiner Träume.

Der Fluch des Blutes hat uns nach dieser langen Zeit wieder vereint. Von nun an würden wir unsere unsterbliche Liebe gemeinsam verbringen.

Ende

Die Jagd

Ein paar letzte Nebelschwaden zog durch die schmalen Gassen der Altstadt. Silbern spiegelte sich das Mondlicht in den kleinen Rinnsalen, die sich durch den kurzen, aber heftigen Platzregen gebildet hatten. Unaufhörlich suchte sich das kühle Nass seinen Weg in den Untergrund. Die Straßen waren wie ausgestorben. Selbst die streunenden Hunde und Katzen hatten sich in ihre Löcher verkrochen und wagten sich nicht hinaus. Sie spürten, dass etwas in den dunklen Gassen lauerte, etwas Unheilvolles. Etwas hielt sich in der Dämmerung des nächtlichen Prags verborgen.

*

Sein Durst trieb ihn voran.

Seine Gier nach menschlichem Blut war stärker geworden.

Seine Eingeweide schmerzten. Er musste diese Nacht unbedingt trinken.

Alles kam ihm immer noch so neu vor. All die Gefühle und Empfindungen, die er von den Sterblichen auffing, wenn er von ihnen trank. All die Geräusche, die er nie zuvor so klar und deutlich wahrgenommen hatte. Die Intensität der Farben und Gerüche hüllten ihn ein.

Seine Wandlung lag bereits einige Zeit zurück und dennoch kam er sich immer wieder aufs Neue so vor wie in jener ersten Nacht, in der ihn sein Lehrer in das dunkle Geheimnis eingeweiht hatte.

Er jagte gern in den einsamen, abgelegenen Gassen und Gärten der Stadt. Fernab von den Touristen, die des Nachts durch die Altstadt strömten. Hier lauerte er Familienvätern auf, die von der Spätschicht kamen, oder er verschaffte sich durch offene Balkontüren Zugang zu ihren Wohnungen. Ebenso gern spielte er mit seinen weiblichen Opfern, die er offen auf der Straße ansprach oder in Bars und Diskotheken traf. Auf Frauen hatte er eine schier magische Anziehungskraft. Bei ihnen musste er nicht einmal seine dunkle Gabe einsetzen. Seine Opfer erinnerten sich nach seinem Kuss an nichts. Sie behielten keine Wunden zurück, und keines seiner Opfer musste sterben.

Plötzlich hörte er in der Ferne Schritte, die sich ihm unaufhaltsam näherten. Eine ältere Frau bog gerade in die dunkle Gasse ein, in der er lauerte. Er verbarg sich in einer Nische und griff blitzschnell zu, als sie in seine Reichweite kam. Er packte sie von hinten und hielt ihr mit einer Hand den Mund zu.

„Hab keine Angst! Du wirst keinerlei Schmerzen verspüren", sagte er mit sanfter Stimme.

Im selben Moment wurde sie ruhig und leistete keinerlei Gegenwehr mehr. Sie neigte den Kopf zur Seite, sodass sich die Haut an ihrem Hals straffte.

Der Duft ihres Blutes raubte ihm schier den Verstand, zu lange hatte er nichts getrunken. Dann biss er zu.

Ihr warmes Blut ergoss sich in seinen Mund. Begierig nahm er es auf. Es erfüllte ihn mit neuem Leben. Ihr Blut sprach in Bildern zu ihm. Er sah erfreuliche und weniger erfreuliche Erinnerungen. Er sah ihre Kinder, die ihr viel Freude bereiteten und ihren Mann, den sie über alles liebte, jedoch viel zu früh verloren hatte. Ihre Gefühle gingen auf ihn über. Der Verlust ihres Mannes quälte sie. Sie war eine arme leidgeplagte Frau.

Er löste die Lippen von ihrem Hals. Sanft strich er mit der Zunge über die offene Wunde, die sich im selben Moment verschloss, geradeso, als wäre sie nie da gewesen. Er drehte sie zu sich herum und brachte ihr Gesicht nahe an seines. Er blickte ihr tief in die Augen und schickte ihr einen Schwall von Glücksgefühlen. Wie eine Welle überflutete es ihren Geist. Zufrieden lächelte sie ihn an. Er löste seinen Griff und sah ihr noch nach, als sie um die Ecke bog.

Ihr warmes Blut durchströmte seinen Körper. Für ihn war dieses Gefühl jedes Mal wieder aufs Neue faszinierend. Gestärkt zog er weiter durch die Altstadt. Sie sollte heute Nacht nicht sein einziges Opfer bleiben.

*

Durch die verwaisten Gassen drangen Stimmen aus einem nahegelegenen Wirtshaus. Er stand im Halbschatten einer alten doppelflügigen Eingangstür und beobachtete das rege Treiben im Inneren der Gaststube.

Die Gäste lachten, tanzten und genossen ihr Feierabendbier bei deftiger Hausmannskost.

Er nahm verschiedene Gerüche wahr. Der deftige Geruch von Gulasch, Schweiß und Parfüm lag in der Luft. Aber noch etwas anderes lag in der Luft, etwas, das sein Innerstes Erbeben ließ.

Blut … das warme, nahrhafte Blut, das durch die Adern dieser Sterblichen rann. Er konnte es fließen hören. Das stete Pumpen, das es unaufhörlich durch ihre Körper jagte. Er nahm verschiedene Duftnoten wahr. Aromatisch, Blumig, Holzig oder auch Würzig. Nicht jedes Blut roch oder schmeckte gleich.

Plötzlich jedoch vernahm er einen besonders feinen Duft. Zweifellos war es das Blut einer Frau. So rein und lieblich, und dennoch schwang noch etwas anderes mit. Etwas, das er bis jetzt noch nie wahrgenommen hatte. Er versuchte, ihre Gefühle zu ertasten, was ihm seltsamerweise schwerfiel.

Diese Frau besaß einen starken Willen und war sehr verschlossen, dennoch spürte er ein Feuer, das verborgen in ihrem Innersten loderte. Etwas Geheimnisvolles hüllte sie ein. Er konnte sie nicht sehen, nur spüren, und was er spürte, war Einsamkeit.

Der Drang, ihr nahe zu sein, wurde immer stärker. Er musste sie sehen, in ihre Augen blicken. Er musste sie besitzen.

Inzwischen hatte er die Straße überquert, stand etwas abseits am letzten Fenster und blickte hinein. Von hier aus hatte er einen guten Blick in die Wirtsstube, und da sah er sie.

Sie saß in einer der hinteren, dunklen Ecken. Auf dem Tisch stand eine Kerze, die fast heruntergebrannt war. Ein Glas Rotwein und ein Buch, in das sie sorgsam Eintragungen machte. Die Flamme spiegelte sich in ihren smaragdgrünen Augen, die sie dunkel geschminkt hatte. Langes rotgelocktes Haar fiel ihr über die Schultern und blieb auf ihren vollen Brüsten liegen. Sie trug ein schwarzes Samtkleid mit Spitze, das sich verführerisch um ihre wohlgeformten Rundungen legte. Eine geheimnisvolle Aura umgab sie.

Er beobachtete sie.

Sie war in ihre Notizen vertieft und nahm immer wieder einen Schluck, bis das Glas leer war. Plötzlich blickte sie auf und sah direkt in seine Richtung.

Erschrocken wich er zurück!

Nein … das war nicht möglich, sie konnte ihn nicht gesehen haben. Er stand verborgen vor den Blicken der Sterblichen im Schatten.

Und dennoch schien sie ihn wahrzunehmen, oder täuschte er sich?

Wer oder was war diese Frau? Zweifellos war sie ein Mensch. Er vernahm den gleichmäßigen Schlag ihres Herzens und den Duft ihres lieblichen Blutes. Und dennoch umgab sie etwas Mystisches. Er konnte eine tiefe Sehnsucht in ihr spüren.

Er überlegte, ob er darauf warten sollte, dass sie das Lokal verließ, oder ob er es betreten sollte.

Sie nahm ihm die Entscheidung ab, denn im selben Moment bat sie die Bedienung, ihr die Rechnung zu bringen. Sie bezahlte, zog einen langen Ledermantel über und ging in Richtung Tür.

*

Er zog sich in die Dunkelheit der gegenüberliegenden Straßenseite zurück.

Sie zog die Tür hinter sich zu, richtete ihren Mantel und ging los, ohne sich umzublicken. Sie lief in den belebteren Teil der Stadt und schien über die Karlsbrücke auf die andere Seite der Moldau zu wollen.

Es war ihm möglich, sich unerkannt vorn den Sterblichen fortzubewegen und plötzlich wie aus dem Nichts aufzutauchen. Im Moment zog er es vor, im Verborgenen zu bleiben, denn er war sich immer noch nicht sicher, ob sie ihn nicht doch wahrnehmen konnte.

Mitten auf der Brücke blieb sie stehen und warf einen Blick auf den Strom, der gemächlich unter ihr dahin floss.

Der Vollmond zeigte sich zwischen den Wolken und tauchte die Umgebung in ein mystisches Licht. Das Ende der Brücke war in dichte Nebelschwaden gehüllt.

Für ihn wäre es jetzt eine Leichtigkeit gewesen, sich ihr zu nähern und von ihr zu kosten. Niemand würde etwas von seiner Anwesenheit bemerken, doch etwas hielt ihn zurück.

Sein Jagdtrieb war geweckt, das Verlangen, ihr Blut zu trinken und ihren Körper zu spüren. Sie saß in der Falle. Sie war das kleine Rehkitz und er der blutrünstige Wolf. Er folgte ihr über die Brücke und durch die Straßen, bis sie in einen kleinen Weg einbog, der in einen Park führte. Er schmunzelte, denn einen besseren Ort, sich ihrer zu bemächtigen, gab es nicht.

Das Mondlicht war gerade hell genug, um sich zu orientieren. Sie lief sicheren Schrittes über den schmalen Waldweg. Kein Mensch war weit und breit auszumachen. Jetzt bemerkte er, dass sie direkt auf einen kleinen, freistehenden

Pavillon zusteuerte. Dort angekommen setzte sie sich auf die Balustrade und kramte in ihrer Tasche. Am Schein der kleinen Flamme erkannte er, dass sie sich eine Zigarette anzündete. Er kam näher, um sie besser beobachten zu können. Wieder versuchte er, in ihre Gedanken einzudringen, doch sie ließ es nicht zu, und so zog er sich aus ihren Gedanken zurück. Er musste diese Frau besitzen, koste es, was es wolle.

„Du brauchst dich nicht vor mir zu verbergen. Ich weiß, dass du da bist und dass du mir vom Restaurant aus gefolgt bist", sagte sie laut und zog an ihrer Zigarette.

Erschrocken sah er auf und versuchte, sich zu fassen. Sie hatte ihn also doch gespürt! Wie war das möglich?

Er gab seine Tarnung auf und erschien wie aus dem Nichts direkt vor ihr.

Sie sprang auf und trat einen Schritt zurück. Doch das brachte sie nicht weiter weg von ihm, denn nun hatte sie die Balustrade des Pavillons im Rücken und ihn vor sich. Er machte einen Schritt auf sie zu. Sie saß endgültig in der Falle. „Du weißt also, dass ich dir gefolgt bin?"

„Ja, ich habe deine Anwesenheit bereits im Restaurant bemerkt", sagte sie.

Wieder vernahm er den süßen Duft ihres Blutes. Er beugte sich nach vorn und sog ihn tief ein. „Und weißt du auch, was ich von dir will?", fragte er und öffnete ihren Mantel, um ihr

Dekolleté freizulegen. Dann umfasste er ihre Hüften und zog sie in seine Arme.

„Ja … mein Blut", sagte sie, und im selben Augenblick schlug er die Zähne oberhalb ihrer linken Brust ins Fleisch.

Ihr Blut war wie flüssige Lava, es schien ihn schier zu verbrennen.

So etwas hatte er bis jetzt nur ein einziges Mal gespürt. Es war in der Nacht seiner Wandlung gewesen. Die Nacht, in der er von seinem Schöpfer das unsterbliche Blut empfangen hatte.

Er sah Bilder vor seinem inneren Auge aufblitzen. Er sah sie umgeben von einem Strom aus Blut und er sah sich in ihren Gedanken. Sie kannte ihn und sie wusste, was er war. Er spürte die Leidenschaft, die sie ihm entgegenbrachte, und das Verlangen nach ihm, das sie empfand.

Er riss den Kopf zurück, er musste es, denn sonst hätte er unweigerlich zu viel getrunken und sie getötet.

Dieses Blut, ihr Blut, war in gewisser Hinsicht Vampirblut, nur dass sie ein Mensch war. Wie war das möglich? Konnte es sein, dass ehemalige Vampire als Menschen wiedergeboren wurden? Er wusste es nicht, doch eines wusste er: Die Frau in seinen Armen liebte und begehrte ihn. Er hob sie hoch, trug sie in die Mitte des Pavillons und setzte sie auf den Boden.

Er nahm neben ihr Platz und blickte in ihr Gesicht.

Sie war geschwächt und hielt ihre Hände um seinen Hals, dann strich sie ihm das lange dunkle Haar aus dem Gesicht und blickte ihn schweigend an.

Langsam beugte er sich nach vorn und berührte ihre Lippen mit einem Kuss, den sie innig erwiderte. Um sie herum schien die Zeit stillzustehen. Beide tauchten ein in eine Welt voller Leidenschaft und Begierde.

Er hatte endlich eine Gefährtin gefunden, und von diesem Augenblick an würden sie gemeinsam die Nacht durchstreifen!

Ende

Rubinstern

Normalerweise würde man bei solch einem Wetter keinen Hund vors Haus jagen. Mir jedoch war zuhause buchstäblich die Decke auf den Kopf gefallen. So hatte ich mich kurzerhand für eine spontane Shoppingtour entschieden. Eigentlich liebte ich es durch unsere romantische Altstadt zu schlendern, doch das miese Wetter und die tiefhängende Wolkendecke drückte enorm auf meine ohnehin schon schlechte Stimmung.

Wieder einmal hatte ich eine herbe Enttäuschung hinter mir. Mein Freund Tom hatte sich letzte Woche von mir getrennt. Ich hatte gehofft, dass mich der Stadtbummel aufmuntern würden, doch weit gefehlt. Egal, in welche Läden es mich auch zog, nichts passte, nichts gefiel mir oder falls doch, war es bereits vergriffen. Es war zum Haare ausraufen. Gerade als ich meine Zigaretten aus der Tasche zog, um mir eine anzuzünden, fiel mein Blick auf ein Schaufenster auf der gegenüberliegenden Straßenseite.

Über der Eingangstür stand in großen Lettern „Exorial". Ich war überrascht, denn dieser Laden war mir nie zuvor aufgefallen und eines meiner Lieblingsbücher hieß ebenfalls Exorial. Es handelte sich dabei um ein Buch der magischen Künste. Ich überquerte die Straße und blickte in das hübsch dekorierte Schaufenster. Es war geschmückt mit Grablichtern, Kerzenständern, Büchern, Edelsteinen und allerhand magischen Symbolen.

Bereits seit meiner Kindheit hegte ich ein großes Interesse für alles Okkulte. Über die Jahre hinweg hatte ich mich zu einer Expertin für Okkultismus entwickelt. Ich hatte ein Händchen fürs Kartenlegen, deutete die Runen und beschäftigte mich mit Edelsteinen und Heilkräutern. Die Mythologie der alten Germanen und Kelten faszinierte mich, aber Vampire waren meine wirkliche Leidenschaft!

Als ich den Laden betrat, empfing mich eine Wolke von kräftigem Patchouliduft. Unzählige Kerzen tauchten den Laden in ein mystisches Licht, und es kam mir vor, als würde ich über die Schwelle in eine andere Welt treten.

Ich sah mich um und entdeckte verschiedene Bücher zu den unterschiedlichsten magischen Themen. Es gab Tarotdecks, Runen, Pendel, Edelsteine, Kräuter und Räucherwerk.

Da fiel mein Interesse auf eine Vitrine, in der sich Talismane und Amulette befanden. Ich ging darauf zu, und entdeckte einen lilafarbenen Stein, der an einer silbernen Kette hing. Es handelte sich um einen in Silber gefassten Rubin mit einem leichten Stich ins Bläuliche. In der Fachsprache nannte man das taubenblutrot. Ich liebte Rubine. Sie übten eine geradezu magische Anziehungskraft auf mich aus. Dieser hier war in Tropfenform geschliffen, und in seinem Inneren schimmerte ein kleiner Stern.

Ein Sternrubin – der König der Korunde, dachte ich.

Ich bewunderte ihn und wusste, dass ich endlich meinen persönlichen Rubin gefunden hatte. Schon lange hatte ich danach gesucht, aber nie den passenden Stein gefunden. Ich bedeutete der Vorkäuferin, dass ich etwas kaufen wollte.

Sie kam bereits lächelnd auf mich zu. „Kann ich dir helfen?"

„Ich möchte bitte diese Kette", sagte ich und zeigte auf den Rubin.

Sie nahm sie aus der Vitrine und legte sie mir um.

Ich sah in den Spiegel und war zufrieden. Endlich habe ich meinen Stein, dachte ich. Rubine verkörperten die Kraft der Liebe und des Lebens, galten als Quelle reinster Energie. Sie werden auch Blutsteine genannt, denn Sternrubine waren auch ein Symbol für den Vampirismus. Ich sehnte mich nach diesen unsterblichen Wesen der Nacht. Ich sehnte mich nach einem ewigen Leben in vollkommener Verbundenheit und grenzenloser Leidenschaft.

Mein Leben war übersät von Enttäuschungen und Rückschlägen, doch es gab auch Glücksmomente wie diesen. Der Anblick des Steins versetzte mich in Euphorie, und meine

Traurigkeit war vergessen, zumindest für den Augenblick.

„Diese Kette ist wie für dich gemacht", bestätigte mich die Verkäuferin in meiner Entscheidung.

Ich bezahlte, verließ das Geschäft und machte mich auf den Nachhauseweg.

*

Kurze Zeit später war ich zuhause angekommen, hatte mich umgezogen und eine CD eingelegt. Da ich hungrig war, machte ich mir noch ein paar Brote und stellte den Teller auf dem Wohnzimmertisch.

Ich ging ins Schlafzimmer, nahm ein Buch aus dem Regal und verzog mich damit auf die Couch. Ich schlug ein bestimmtes Kapitel auf: Liber Stella Rubeae – Ritus des Rubinsterns. Es handelte sich um ein Ritual, das einer alten Vampirgottheit geweiht war und mit dem ich meinen Sternrubin weihen wollte. Ich las gerade die betreffenden Passagen, als es an der Haustür klingelte. Ich stand auf und öffnete die Tür. Es waren meine Freundinnen Denice und Isabell.

„Hi Jessy", sagte Denice freudig und drückte mir zwei Flaschen Wein in die Hand. „Na das dachte ich mir, dass du allein und bei Depri Mucke zu Hause sitzt."

„Wir sind ja jetzt da und sorgen für Ablenkung", sagte Isabell. „Bist du bereit für einen Abend mit beißwütigen Vampiren? Wir haben ‚Die Königin der Verdammten' besorgt. Dieser Stuart Townsend ist ja so was von heiß. Der dürfte nur allzu gern mal an mir rumknabbern."

Beide machten es sich auf dem Sofa gemütlich.

Ich verschwand in der Küche, um Kaffee aufzusetzen, dann machten wir es uns gemütlich, dämpften das Licht und genossen den Film bei Kaffee, Rotwein und diversem Knabberzeugs.

„Ah, drück mal die Pausetaste", schrie Isabell. „Stuart Townsend oben ohne, ist ja mal so was von heiß!"

„Oh ja, da kannst du Recht haben. Bei dem würde ich nur zu gerne mal Blut spenden", sagte Denice lachend.

„Mir wäre er zu schmächtig", sagte ich.

„Ach was, der ist genau richtig, für mich zumindest", sagte Denice.

„Na wenigsten denkst du schon wieder an andere Kerle und wenn es nur imaginäre Vampire sind", sagte sie zu mir.

Die Stunden verflogen nur so. Knapp drei Stunden später verabschiedeten sich die beiden und fuhren nach Hause.

Ich warf einen Blick auf die Uhr. Es war bereits Mitternacht durch. Da ich die Kette noch in dieser Nacht weihen wollte, bereitete ich alles vor. Ich hatte gerade Urlaub und musste zum Glück morgens nicht raus.

In einem kleinen Schrank im Schlafzimmer befand sich, vor neugierigen Blicken geschützt, mein Altar. Ich nahm die Kette ab und zündete Räucherwerk an. Ich hatte mich für meinen Lieblingsduft Astral Sandelholz entschieden. Dann vollzog ich das Ritual und weihte die Kette einer alten Vampirgottheit. Ich liebte Vampire! Ich kannte all die Sagen und Legenden dieser Welt, seien es Geschichten über Strigoi, Dhampir, Lamien, Nachtalben, Succubus und dergleichen. Astral- und Energievampire, menschliche Vampire, die ihre Blutlust im Geheimen auslebten. Oder Berichte über geheimnisvolle Blutsauger, die in dunklen Gassen auf einen lauerten. Oft zweifelte ich an meinem Verstand, doch dann gab es Vorkommnisse, die ich nur ‚ihnen' zuschreiben konnte. Ich sah Menschen, die mich mit diabolischen Augen ansahen und mit fremden Zungen zu mir sprachen. Schwarze Schatten, die mir folgten, und dennoch fühlte ich mich in ihrer Gegenwart wohl. Von den Schatten schien für mich keine Gefahr auszugehen, manchmal schienen sie mich sogar zu beschützen. Ich fühlte eine tiefe Verbundenheit zu diesen Wesen.

Eine gute Stunde später war ich mit fertig, legte die Kette wieder an, räumte alles weg und ging ins Bett. Ich las noch ein paar Seiten eines aktuellen Vampirromans, löschte das Licht und fiel in einen tiefen Traum:

Feuchte Nebelschwaden zogen über die Gräber. Der Mond warf silbern schimmernd sein Licht auf zahlreiche Grüfte und Statuen. Der Wind spielte mit den Ästen wie ein Marionettenspieler mit seinen Puppen. Knorrige Äste warfen tanzende Schatten auf die steinernen Monumente, und ein Blätterhaufen wirbelte vor meinen Füßen umher.

Langsam schritt ich über den mit Efeu überzogenen Boden. Plötzlich hatte ich das Gefühl, beobachtet zu werden. Hinter jedem Grabstein, Baum oder Busch huschten schwarze Schatten umher.

Mit einem Mal lösten sich zwei Schatten aus der Dunkelheit. Die Umrisse nahmen allmählich Gestalt an, und ich erkannte ein Pärchen, das in meine Richtung kam. Eine hübsche, zierliche Frau, höchstens achtzehn Jahre alt, mit kurzem knallrotem Haar. Der Mann an ihrer Seite war einen Kopf größer als sie. Er hatte langes blondes Haar, trug einen knielangen Ledermantel und war ganz in Schwarz gekleidet. Sein Haar schimmerte wie das eines Engels. Die Strahlen des Mondes spiegelten sich in seinen markanten Gesichtszügen und betonten die Wildheit seiner Augen.

Sie liefen Arm in Arm und blieben nicht unweit von mir entfernt vor einer Grabplatte stehen. Er zog sie in seine Arme und begann sie zu küssen. Langsam ließen sie sich auf dem kalten, feuchten Stein nieder. Er setzte und lehnte sich mit dem Rücken an den

Grabstein, während sie auf seinem Schoß Platz nahm. Beide küssten sich leidenschaftlich. Das Mädchen öffnete sein Hemd und begann damit seinen nackten Oberkörper zu liebkosen.

Wow … Dieser Kerl hatte einfach alles. Der reine Wahnsinn! Ich stand drei Gräber von den beiden entfernt, im Schatten einer großen Buche. Eigentlich wollte ich mich davonschleichen, aber irgendetwas hielt mich zurück. Irgendetwas an dieser Szenerie fesselte mich.

Dann spürte ich etwas hinter mir. Ich wollte aufschreien, doch jemand zog mich an sich und legte mir zeitgleich die Hand auf den Mund.

Wie versteinert stand ich da.

„Sieh hin und genieße, was du siehst!", flüsterte eine tiefe rauchige Stimme in mein Ohr.

Mein Blick fiel wieder auf das Pärchen, das immer noch im Liebesspiel vereint war.

Er hatte ihr mittlerweile die Bluse ausgezogen. Mit nacktem Oberkörper lag sie in seinen Armen. Sie küsste seine Brust, als er mit einer schnellen Bewegung die Hand in ihren Nacken schob und ihren Kopf zur Seite riss. Er warf den Kopf zurück. Deutlich konnte ich zwei spitze Fänge hinter seinen geöffneten Lippen erkennen. Im nächsten Moment schlug er sie in ihren Hals.

Der Körper des Mädchens zuckte, und ich konnte sehen, wie ihr Blut in einem dünnen Rinnsal über den Rücken lief.

Genüsslich labte er sich an ihrem Blut und blickte mir dabei in die Augen.

Mein Verstand spielte verrückt!

Ich wollte weglaufen, doch der Unbekannte hinderte mich daran. Er hielt mich immer noch fest in seinem Griff.

Plötzlich ließ der Blonde von seinem Opfer ab. Er stieß sie beiseite, stand auf und kam mit einem Grinsen auf seinen blutverschmierten Lippen auf mich zu.

Da lockerte mein Angreifer seinen Griff und drehte mich zu sich herum. Er drückte mich mit dem Rücken gegen den Stamm, und endlich sah ich sein Gesicht.

Langes schwarzes Haar umrahmte sein blasses Gesicht. Bernsteinfarbene Augen verliehen ihm ein diabolisches Aussehen. Seine Lippen waren voll und wohlgeformt, und als er sie öffnete, erkannte ich deutlich die spitzen Zähne, die jeden Vampir ausmachten. Er beugte sich in Richtung meines Halses und glitt langsam mit der Zunge an meiner Halsbeuge entlang.

Ich hielt die Luft an und erstarrte wahrhaftig zur Salzsäule. Als er zärtlich in mein Ohr biss, jagten tausend Blitze durch meinen Körper. Dann blickte er mir in die Augen, zog mich in seine Umarmung. Plötzlich spürte ich seine Lippen auf meinen.

Sein Kuss war leidenschaftlich, wurde fordernder. Seine Lippen wanderten von meinem Mund zum Hals. Neben seinen Lippen spürte ich nun auch seine Zähne, die er erst leicht und dann immer fester in mein Fleisch grub. Dann blickte er mich an und sein Interesse fiel auf meinen Sternrubin. Plötzlich schreckte er zurück und sah mich nachdenklich an. In seinen Augen sah ich Leidenschaft und Verwirrung zugleich. Er griff nach dem Rubin und verzog seine Lippen zu einem schelmischen Lächeln. Dann küsste er mich noch einmal, ließ mich los und ging mit dem blonden Vampir davon. Er trug ebenfalls einen langen Ledermantel, und sein Haar, das in sanften Bewegungen hin und her schwang, reichte ihm fast bis zur Hüfte.

Schweigend sah ich ihnen nach. Ohne sich umzudrehen, verschwanden beide in der Dunkelheit!

*

Schweißgebadet wachte ich auf und brauchte eine Weile, um zu registrieren, wo ich war.

Ich lag in meinem Bett, und die Jalousie schlug im Luftzug immer wieder gegen die Balkontür. Ich knipste das Licht an, griff nach meiner Kippenschachtel und ging hinaus auf den Balkon. Der Wind umspielte meinen Körper. Ich fröstelte und zitterte immer noch.

„Das war alles nur ein Traum, nur ein Traum", sagte ich immer wieder leise.

So einen realen Traum hatte ich allerdings noch nie gehabt. Mir war, als spürte ich immer noch seine Lippen auf meinem Mund. Ich blickte hinauf zum Firmament. Kein Wölkchen war zu sehen. Es war eine wunderschöne, sternenklare Vollmondnacht. Die Stadt unter mir lag noch in tiefem Schlaf. Meine Wohnung lag im dritten Stock eines alten Jugendstilhauses mit Blick über die Altstadt. Ich löschte die Zigarette und ging zurück in mein Schlafzimmer.

Ein Blick auf die Uhr sagte mir, dass es erst halb vier war. Ich legte eine CD ein und ging wieder in mein Bett. Ich lauschte der Musik, und in Gedanken spielte sich der eben erlebte Traum noch einmal vor meinem geistigen Auge ab. Vielleicht waren das Ritual oder der Roman, den ich gerade las, Auslöser für diesen Traum. Aber er war so real gewesen! Der Traum war auch nicht der Erste seiner Art gewesen. Ich hatte schon mehrfach derartige Träume gehabt. Mehr als Schatten und Umrisse von dunklen Gestalten hatte ich jedoch nie erkennen können.

Dieser Traum jedoch war so real gewesen.

Noch lange hing ich meinen Gedanken nach, bis ich endlich einschlief.

*

Ich hatte bis Mittag geschlafen und fühlte mich dennoch erschöpft und ausgelaugt. Nach einer erfrischenden Dusche und einem späten Frühstück ging es mir schon besser. Ich zog mich an, erledigte meine Einkäufe und danach warteten die üblichen Hausarbeiten auf mich.

Samstagabend jedoch war Diskotime, deshalb wühlte ich mich gegen zwanzig Uhr durch meinen Kleiderschrank. Nach langem Hin und Her entschied ich mich für eine langärmlige Bluse im Korsagenstil, dazu einen kurzen

Samtrock, Netzstrümpfe, und natürlich durften die langen Schnürstiefel nicht fehlen. Ich schminkte mich und bändigte die lange Mähne zum Zopf. Den Undercut hatte Denice bereits letzte Woche ausrasiert, als sie mir rote Strähnen ins schwarze Haar gefärbt hatte. Ich blickte in den Spiegel und war zufrieden.

    Schon klingelte mein Handy, das Zeichen, dass Denice und Isabell unten im Auto auf mich warteten. Ich nahm meine Sachen und eilte nach unten.

*

Als wir den Parkplatz unserer Stammdisco erreichten, regnete es immer noch in Strömen. Denice parkte ihren Wagen direkt am Eingang. Wir stürmten zur Tür, um ja nicht nass zu werden.

    Das Raven war der angesagteste Klub in unseren Kreisen. Die Diskothek bestand aus zwei Ebenen. In der Ersten konnte man zu hartem Metallsound die Haare kreisen lassen. In der Zweiten wurde von depressivem Gothic bis hämmerndem Industrial die ganze Palette gespielt. Es gab mehrere Bars, ein Café und eine Spielhalle. Die Wände zierten unzählige Fratzen, Monster und Fantasiegestalten. Die Decken waren mit Efeu und Spinnweben überwuchert, und brennende Kerzen standen in nahezu jeder freien Ecke. Hinter dem Kassenbereich gab es eine Garderobe, an der wir unsere Sachen abgaben. Gemeinsam gingen wir an die Bar, bestellten uns etwas zu trinken und unterhielten uns angeregt über dies und das.

Um die Tanzfläche herum waren Sitznischen angeordnet, wovon die höher gelegenen Plätze über Treppen zu erreichen waren. Von dort oben hatte man eine gute Sicht über den ganzen Raum. Der Stammplatz unserer Clique befand sich direkt an der Tanzfläche. Wir begrüßten die anderen und setzten uns. Während Denice und Isabell tanzen gingen, sah ich mich erst einmal um.

Zum Glück konnte ich meinen Exfreund nirgends entdecken. Der hätte mir gerade noch gefehlt.

An der Bar erblickte ich Josie, die sich gerade etwas bestellte. Ich stand auf und ging zu ihr. „Hi, meine Süße. Ich bin ja so froh, dass du hier bist. Ich habe dich vermisst", sagte ich. Wir fielen uns in die Arme, und ich freute mich tierisch, sie zu sehen. Sie war meine beste Freundin und erst vor ein paar Tagen aus dem Urlaub zurückgekommen. Wir kannten uns schon seit der Schulzeit.

Sie war ganz aus dem Häuschen. „Ich freue mich auch dich zu sehen. Wie geht es dir? Ich hoffe, der Arsch ist nicht hier", sagte sie.

„Nein, ich habe Tom noch nicht gesehen. Aber wenn er doch auftauchen sollte, dann werde ich mir garantiert nicht den Abend von ihm versauen lassen."

„Richtig so", sagte Josie und blickte sich neugierig um. Gerade so als würde sie jemanden suchen.

„Was ist los? Suchst du jemanden?", fragte ich sie.

Sie grinste mich an wie ein Honigkuchenpferd. „Ja, ich habe jemanden kennengelernt und wir haben uns für heute Abend im Raven verabredet. Er heißt Picasso", sagte sie freudestrahlend.

Picasso, wie originell, dachte ich mir. Solange er nicht aussieht wie einer! Aber da machte ich mir bei Josie keine Sorgen, denn sie hatte den gleichen Geschmack bei Männern wie ich. Wir unterhielten uns eine Weile und gingen dann tanzen. Ich war heute so energiegeladen, dass ich mehrere Lieder durchtanzte. Danach drehte ich eine Runde durch die Diskothek, holte mir einen neuen Drink und ging zurück zu unserem Tisch.

Mittlerweile waren fast alle aus unserer Clique anwesend. Bei einem Blick über die Tanzfläche entdeckte ich Josie, die mit einem Typen tanzte. Das musste wohl ihr neuer Lover sein, und sie hatte nicht übertrieben. Er sah gut aus, war groß, schlank, hatte langes blondes Haar, das er genauso trug wie ich. Er war geschminkt, trug ein enges Lackoberteil, Lackhose und Boots. Beide legten eine heiße Nummer aufs Parkett. Als ich die beiden beobachtete, kam mir irgendetwas an ihm bekannt vor.

Als die beiden ihre Show beendet hatten, kam Josie mit Picasso im Schlepptau zu uns an den Tisch. Sie machte uns miteinander bekannt.

Er reichte mir die Hand. „Hallo Jessy. Ich bin Picasso. Es ist mir eine Freude, dich kennenzulernen", sagte er und musterte mich. „Eine schöne Kette trägst du da", sagte er und grinste mich dabei verstohlen an.

Mir stockte der Atem.

Picasso hatte eine gewisse Ähnlichkeit mit dem blonden Vampir aus meinem Traum. Der auf dem Grabstein gesessen und von dem Mädchen getrunken hatte. Aber das war doch verrückt, es war doch nur ein Traum gewesen, oder?

Wir gingen an die Bar und setzten uns an den Tresen. Josie nahm zwischen uns Platz. „Eine Runde Tequila", schrie sie und rutschte nervös auf ihrem Hocker hin und her.

So nervös und hibbelig, wie sie war, hatte es sie ganz schön erwischt. Wir unterhielten uns, und aus einer Runde wurden mehrere. Picasso war mir wirklich sympathisch, und so verwarf ich die Gedanken an meinen Traum rasch. Wir waren guter Stimmung und lachten viel, bis sich plötzlich ein Typ neben mich setzte und mich blöd von der Seite anmachte.

„Na Puppe, wie wäre es mit einem Drink? So ein heißer Feger wie du sollte nicht allein trinken."

Angewidert drehte ich mich weg und versuchte, ihn zu ignorieren, doch er legte einen Arm um mich und begann, mich zu begrapschen. „Nimm deine verdammten Griffel von mir", sagte ich wütend und versuchte mich aus seiner Umarmung zu befreien, doch es gelang mir nicht.

Da stand Picasso auf, griff dem Typen ins Genick und zog ihn mit einem gewaltigen Ruck vom Barhocker. Der Rüpel hatte keine Möglichkeit, sich aus Picassos Griff zu befreien. So musste er sich wohl oder übel nach draußen befördern lassen, während wir verdutzt an der Bar zurückblieben.

*

Picasso schob den Rüpel aus der Diskothek, lockerte seinen Griff auch dann noch nicht, als sie bereits in einer dunklen Gasse hinter der Diskothek verschwunden waren. Picasso schleuderte ihn so hart gegen die Wand, dass ihm wahrscheinlich alle Knochen im Leib brachen. Dann packte er den Typ, zog ihn hoch und stemmte ihn gegen die Wand. „So behandelt man keine Frau, du Mistkerl", sagte er.

Der andere winselte vor Schmerzen, da schlug ihm Picasso die Fänge in Kehle. Mit einem Ruck riss er ein riesiges Stück Fleisch heraus. Der Typ röchelte noch einmal, dann war er tot.

Picasso beförderte den Leichnam in eine große Mülltonne, griff in seine Hosentasche, zog ein Handy heraus und wählte eine Nummer. „Wo bist du? Ich bin mit Josie im Raven, und ich habe heute ihre Freundin Jessy kennengelernt. Du solltest sie dir unbedingt einmal ansehen, mein Freund", sagte er, beendete das Gespräch und ging zurück in die Diskothek.

*

Picasso war keine zehn Minuten weg gewesen, als er sich wieder zu uns gesellte.

„Solchen Müll sollte man beseitigen", sagte er, und damit war das Thema gegessen.

Um mich abzureagieren, ging ich auf die Tanzfläche, während Josie und Picasso in einer der Sitzecken verschwanden. Die Zeit verging wie im Flug. Denice und Isabell wollten nach Hause, so verabschiedete ich mich von allen. Beim Verlassen der Disko sah ich Josie und Picasso in einer der dunklen Ecke sitzen. Er hielt sie im Arm und küsste ihren Hals. Wieder erinnerte ich mich an die Bilder aus meinem Traum. Hätte Picasso andere Kleidung getragen, wäre er ungeschminkt gewesen und hätte er die Haare offen getragen, hätte er dem Blutsauger aus meinem Traum zum Verwechseln ähnlich gesehen.

    Ich steuerte auf die beiden zu, um mich von ihnen zu verabschieden. Als er mich kommen sah, drückte er Josie sanft von sich. Beide verabschiedeten sich von mir. Ich holte meine Sachen, verließ die Disko und ließ mich von Denice zu Hause absetzen.

*

Da ich noch nicht müde war, beschloss ich, ein Bad zu nehmen. Ich ließ Wasser ein, zog mich aus und stieg mit einem Glas Wein in die Wanne. Ich liebte es, mich bei einem guten Wein und Kerzenschein zu entspannen.

    Wieder dachte ich an den Traum, wobei mir der mysteriöse Schwarzhaarige nicht mehr aus dem Kopf ging. Er war die Verkörperung eines Vampirs gewesen, wie ich ihn mir immer erträumt hatte!

    Erträumt … das war es eben, nur ein Traum, dachte ich.

    Aber die Ähnlichkeit zwischen Picasso und dem blonden Vampir in meinem Traum war verblüffend. Das ist alles wahrscheinlich nur ein Zufall, dachte ich mir, trank den letzten Schluck und stieg aus der Wanne. Ich ging ins Schlafzimmer, zog mich an, stellte ich die Musik an und ging hinaus auf den Balkon, um eine zu rauchen.

Mittlerweile hatte es angefangen zu regnen.
Ich liebte das Geräusch des Regens, wie er auf das Vordach meines Balkons prasselte. Der Wind fuhr durch mein Haar und erinnerte mich wieder an den Atem des Fremden, wie er meinen Nacken gestreift hatte. Ich schnippte die Kippe über die Brüstung und blickte ihr auf ihrem Weg nach unten nach.

Unterhalb des Hauses lag ein kleiner, alter Park mit Überresten der Stadtmauer. Er war ziemlich verwildert, aber gerade das verlieh ihm seinen besonderen Charme. Er war spärlich beleuchtet und nur wenigen Leuten bekannt. Diejenigen, die sich dorthin verirrten, taten es in der Absicht, dort ein Schäferstündchen zu verbringen. Ich blickte nach unten, und die Reste meiner Zigarette verschwanden in dünnen Nebelschwaden.

Zwischen den alten Bäume erkannte ich die Umrisse einer männlichen Person, die genau zu mir hochblickte.

Ich konnte auch eine Bewegung erkennen. Er schien etwas aus seinem Mantel zu holen, dann sah ich eine schwache Glut. Er hatte sich eine Zigarette angezündet.

Wie angewurzelt stand ich da und war außerstande, mich zu bewegen. Ich konnte ihn nur anstarren. Obwohl ich ihn nicht deutlich sehen konnte, erkannte ich, dass er einen langen Mantel trug und dass er langes Haar hatte, das der Wind um seine Schultern tanzen ließ.

Plötzlich drehte er sich um und entfernte sich. Er verließ den Park. Als er unter einer der wenigen Laternen entlang schritt, erkannte ich noch, dass sein Haar schwarz war. Dann verschmolz er mit der Dunkelheit und war verschwunden.

Ich wusste nicht, wie lange ich noch so dastand. Als mir kalt wurde, ging ich hinein.

Wer war das gewesen?

Ich wusste es nicht und wollte mich jetzt auch nicht damit auseinandersetzen. Deshalb löschte ich das Licht und ging zu Bett.

*

Als ich ausgeschlafen und in Ruhe gefrühstückt hatte, machte ich mich gegen sechzehn Uhr auf den Weg zu Josie. Wir hatten uns für heute Nachmittag verabredet.

Endlich hatte es aufgehört zu regnen, und ab und zu gelang es der Sonne sogar, die Wolkendecke zu durchbrechen. Nach einem kurzen Spaziergang war ich bei Josies Wohnung angekommen. Ich klingelte, doch niemand öffnete. Josie war eine Frühaufsteherin, und ich konnte mir nicht vorstellen, dass sie immer noch schlief.

Wie viele Drinks hatte sie gestern gehabt? Oder war sie mit zu Picasso gefahren und hatte mich vergessen? Nachdem ich einige Male geklingelt hatte, ertönte ein schrilles Geräusch, und die Tür sprang auf. Ich ging nach oben und fand die Wohnungstür angelehnt vor. „Josie, ich bin es. Bist du da?"

„Komm herein, ich bin im Schlafzimmer", sagte sie.

Ich ging hinein und schloss die Wohnungstür hinter mir.

Josie saß auf dem Bett und rieb sich die Hände übers Gesicht. So, wie sie aussah, musste sie eine heiße Nacht hinter sich haben. Die Handschellen, Kerzen und das Chaos im und ums Bett herumsprachen Bände.

Ich setzte mich und bot ihr grinsend eine Kippe an. „Na du hattest wohl eine verdammt heiße Nacht, so wie du aussiehst", sagte ich.

„Oh Mann, so etwas habe ich noch nie erlebt. Picasso ist ein richtiges Tier im Bett", sagte sie und nahm einen tiefen Zug von ihrer Zigarette.

So, wie Josie aussah, hätte man eher denken können, sie hätte die ganze Nacht über der Kloschüssel verbracht. „Ich mache uns Kaffee", sagte ich und ging in die Küche. Ich setzte besonders starken Kaffee auf, während Josie im Bad verschwand.

Ich stellte den fertigen Kaffee auf den Wohnzimmertisch und schaltete die Musik an. Auf dem Boden lagen einige von Josies Zeichnungen. Eine stach mir sofort ins Auge. Es war ein Bild von Picasso. Ein Porträt, ungeschminkt und mit offenen Haaren.

Wie der Typ aus meinem Traum, dachte ich.

Gerade, als ich es aufhob, betrat Josie das Wohnzimmer, setzte sich und griff zum Kaffee.

„Ist gut getroffen, oder? Ich habe noch mehr Bilder von Picasso", sagte sie und ging zum Schrank, aus dem sie ihren Zeichenblock hervorholte.

Beim Durchblättern fiel mir ein Szenario mit einem Friedhof auf.

„Picasso will morgen mit mir auf einen Friedhof", sagte sie schmunzelnd. „Ich hatte noch nie Sex auf einem Friedhof, und Picassos Beißspiele sind total irre", sagte sie.

Ich nahm einen Schluck Kaffee. Ich wusste einfach nicht, was hier ablief. Diese Bilder waren nahezu identisch mit meinem Traum. Sollte ich Josie davon erzählen? Das würde mir doch niemand glauben. „Wie lange kennst du Picasso schon?", fragte ich sie.

„Ein paar Tage. Ich habe ihn bei meiner Rückkehr am Flughafen kennengelernt", sagte sie.

Sie hatte dieses Bild also gemalt, noch bevor ich davon geträumt hatte. „Warst du schon bei ihm? Ich meine, kennst du seine Freunde?"

„Nein, ich war noch nicht bei ihm. Picasso will mich allerdings nachher abholen und mit zu seinen Freunden nehmen. Komm doch mit, er hat bestimmt nichts dagegen", sagte sie und verschwand im Bad, um sich anzuziehen.

Kurze Zeit später klingelte es auch schon an der Tür. Josie öffnete, nahm Picasso freudig in

Empfang und teilte ihm mit, dass ich auch hier sei.

Er kam mit Josie ins Wohnzimmer und begrüßte mich. „Hallo Jessy", sagte er. „Es freut mich dich wiederzusehen", sagte er und grinste mich mit einem hinreisenden Lächeln an.

Er hatte schon einen umwerfenden Charme, und ich konnte verstehen, warum Josie so happy war.

„Wo geht es denn jetzt hin?", fragte Josie. „Was wollen wir machen? Hast du etwas dagegen, wenn Jessy mitkommt?", fragte sie Picasso.

„Ganz im Gegenteil", sagte er. „Wir fahren zu einer Privatparty, und es ist gut, wenn sie dabei ist", sagte er und lächelte mich mit einem verstohlenen Grinsen an.

Er wollte mich also dabeihaben. Die Sache wurde immer mysteriöser, und ich wollte ihr auf den Grund gehen.

*

Kurze Zeit später machten wir uns auf den Weg. Wir stiegen in Picassos Jeep und hielten unterwegs an einer Tankstelle, denn Josie wollte noch Zigaretten besorgen. Dort angekommen stieg sie aus, und ich blieb allein mit Picasso im Wagen zurück.

Er sagte keinen Ton, und mit einem Mal überkam mich ein seltsames Gefühl. Dann trafen sich unsere Blicke im Rückspiegel, und mir rann ein kalter Schauer über den Rücken.

Wer bist du?, dachte ich.

Er warf mir ein wissendes Lächeln zu, gerade so, als hätte er meine Gedanken gehört.

Da zog Josie auch schon die Beifahrertür auf, und für den Rest der Fahrt dröhnte nur noch der Bass der Anlage.

Picasso bog in einen Waldweg ein, kurze Zeit später erreichten wir den Parkplatz einer abgelegenen imposanten Villa. Es handelte sich um ein riesiges, sehr altes Backsteingebäude. Hinter den spärlich beleuchteten Fenstern tanzten dunkle Schatten. Mit gemischten Gefühlen stieg ich aus, und beim Anblick dieses unheimlichen Gemäuers rannen mir kalte Schauer über den Rücken.

Zu beiden Seiten führten Treppen zu einer prächtigen Eingangstür. Picasso ging voran, oben angekommen betätigte er einen historischen Türklopfer.

Ein großer glatzköpfiger Typ öffnete und bat uns herein. Der Typ sah schrill aus. Seine Glatze war tätowiert, und unzählige Piercings zierten sein Gesicht. Dazu war er ganz und gar in Latex gekleidet. Er bot einen surrealen Anblick und erschien mir in diesem historischen Gebäude völlig fehl am Platz.

Wir traten ein. Wo andere Häuser einen Flur hatten, verfügte dieses über eine riesige Empfangshalle, genauso eine, wie man sie aus diesen alten Südstaatenfilmen kannte. Von der Mitte des Raumes aus führte eine mit Holzfiguren verzierte Treppe nach oben, deren Stufen von dunkelroten Teppichen bedeckt waren. Prachtvolle Gemälde zierten die Wände, und in den Ecken standen kostbare Statuen. Von den Räumen zu unserer linken, hallten Musik und Stimmengewirr zu uns herüber.

Picasso führte uns in einen großen Saal, in dem die Party bereits in vollem Gange war. Der Raum bot hohe Fenster und Terassentüren, mit schweren roten Samtvorhängen. Auch hier fanden sich überall kostbare Möbel aus dunklem Mahagoniholz, wertvolle Gemälde und wuchtige Kerzenständer in allen Größen. Am anderen Ende des Saals stand eine Musikanlage, vor der sich bereits viele Gäste tummelten.

Das Ambiente des Raumes war fabelhaft. Ich war fasziniert von diesem Haus, und die Atmosphäre ließ mich all meine Bedenken vergessen. Wir gingen in den Nebenraum, in dem sich die Bar befand, und holten uns etwas zu trinken. Picasso hatte noch etwas zu erledigen und ließ uns allein.

Wir schnappten uns die Drinks und stellten uns an einen Tisch, von dem aus wir einen guten Überblick über den gesamten Raum hatten. Das Publikum war bunt gemischt. Von Gothic, Elektro, Metal bis hin zum Mittelalter war alles vertreten.

Ich ging tanzen und gab mich leidenschaftlich der Atmosphäre und den düsteren Klängen der Musik hin. Mittlerweile war es sehr heiß im Saal. Als ich wieder zu unserem Tisch kam, war Picasso zurück und hatte uns bereits neue Getränke gebracht.

Plötzlich verstummte die Musik und das Licht ging aus. Nur die Kerzen spendeten noch ihr flackerndes Licht. Minutenlang herrschte gespenstische Stille im Saal, bis ein Scheinwerferstrahl auf eine hübsche Frau in der Mitte des Raumes fiel. Sie trug ein grünes Samtkleid mit tiefem Dekolleté. Ihr blondes Haar war kunstvoll am Hinterkopf zusammengesteckt.

Der DJ hatte inzwischen die Nebelmaschine angeschmissen und mittelalterliche Klänge hallten durch den Raum.

Die Frau blickte sich ängstlich nach allen Seiten um, als sich aus den Nebelschwaden eine männliche Gestalt löste.

Sie trat ins Licht und ich sah ihr Gesicht.

Oh mein Gott … das ist er, dachte ich. Ich zweifelte an meinem Verstand, und trotzdem, es war der Typ aus meinem Traum!

Er trug eine schwarze Hose mit passendem Gehrock. Die langen schwarzen Haare hatte er zum Zopf geflochten. Er ging auf das Mädchen zu, packte ihre Hand, zog sie in seine Arme und begann, mit ihr zu tanzen. Geschmeidig bewegten sie sich zur Musik. Sie schien sie unter seinem Bann zu stehen. Einerseits schmiegte sie sich an ihn, andererseits versuchte sie, sich von ihm loszureißen. Sie schaffte es jedoch nicht, er zog sie immer wieder zurück in seine Arme, wobei er ihr wiederholt übers Gesicht und den Hals strich, genau wie er es bei mir gemacht hatte.

Wie versteinert stand ich da, alles um mich herum verschwamm, ich sah nur noch die beiden. Mir war, als würde ich wieder träumen. Plötzlich riss er sie herum und schloss die Arme um ihre Hüften. Er griff ihr unsanft ins Haar und riss ihren Kopf beiseite, sodass sich die Haut an ihrer Halsbeuge straffte. Dann öffnete er die Lippen, legte zwei spitze Fänge frei und biss zu.

Sie schrie auf.

Deutlich war zu erkennen, wie Blut aus der Wunde an ihrem Hals trat und sich über ihren Oberkörper ergoss. Als sie leblos zu Boden sank, verschwanden beide in dichten Nebelschwaden.

Euphorisch klatschten die Anwesenden Beifall, und dann ging die Party weiter, als wäre nichts geschehen.

Doch nicht für mich. Ich musste das Geschehene erst einmal verarbeiten und meine Gedanken ordnen. Was war hier los? Was sollte das darstellen? Eine Art Theater? Wer war dieser Kerl?

Josie rempelte mich an und riss mich aus meinen Gedanken. „Wow, war das eine geile

Show. Der reinste Wahnsinn!", sagte sie freudestrahlend.

Picasso kam mit der Frau, die gerade gebissen worden war, zu uns. Er hatte Getränke dabei, reichte sie uns. „Darf ich euch Helena vorstellen?", sagte er.

Wir begrüßten sie. An Helenas Hals waren immer noch die Bisswunden zu erkennen, und die sahen verdammt echt aus. Wir unterhielten uns über die Vorstellung. Josie fragte Helena in allen Einzelheiten zu ihrer Vorführung aus. Aus einem mir unverständlichen Grund fand ich Helena nicht sonderlich symphytisch.

„Wie heißt denn dieser Wahnsinnsvampir?", wollte Josie wissen, und Helena ließ sich die Antwort nicht nehmen.

„Kristian, das ist unser liebster Kristian", sagte sie mit einer derart piepsigen Stimme, dass sie mir noch unsympathischer wurde, als sie es eh schon war.

Kristian heißt er also, dachte ich.

Kristian sah genauso aus wie der Vampir aus meinem Traum. Das konnte doch kein Zufall sein.

Ich hatte nicht viel zur Unterhaltung beizutragen, mir ging zu viel durch den Kopf. Kristian hatte mich keines Blickes gewürdigt, und so wie diese Helena von ihm sprach, schienen die beiden etwas miteinander zu haben.

Was war nur mit mir los? War ich etwa eifersüchtig? Ich kannte Kristian doch gar nicht.

Helena verzog sich dann mit einem anderen Kerl im Schlepptau in eines der Nebenzimmer.

Ich hatte genug und musste dringend an die frische Luft. So ging ich durch eine der Terrassentüren nach draußen und ließ alles hinter mir.

*

Ein schwacher Wind ging, und die frische Luft wirkte wahre Wunder. Über ein paar Stufen gelangte ich von der Terrasse in einen großen Garten. Steinbänke standen am Wegrand, und hohe alte Bäume zeugten davon, dass der Garten sehr alt sein musste. Der Lärm vom Haus wurde durch den Park gedämpft.

Ich lief eine Weile und kam an einen kleinen See. Ich ging langsam am Seeufer entlang und versuchte, Ordnung in meine Gedanken zu bekommen.

Wer war dieser Kristian? Oder was waren er und Picasso? Waren die beiden einfach nur Vampirfanatiker? Üblich war so etwas in unserer Szene schon. Viele hatten eine Vorliebe für Vampire, Dämonen und Magie.

Aber wieso hatte ich dann diesen Traum gehabt?

Ich kam an eine kleine Brücke, die zu einem Pavillon hinaus auf den See führte. Ich ging hinüber und setzte mich auf die Bank in der Mitte des Pavillons. Gedankenverloren starrte ich aufs Wasser.

Durch sich mir nähernde Schritte wurde ich aus meinen Gedanken gerissen. Ich drehte mich um und sah, wie jemand über die Brücke zu mir herüberkam. Der Mond schien hell genug, um ihn zu erkennen.

Kristian kam direkt auf mich zu. Er hatte sich umgezogen, trug jetzt eine Lederhose und ein Rüschenhemd. Die Haare fielen ihm offen über den Rücken.

Ich wurde nervös!

Er war nur noch ein paar Meter von mir entfernt, sah mich an und lächelte. „Darf ich?", fragte er und zeigte auf den freien Platz neben mir.

„Aber natürlich", sagte ich und er nahm neben mir Platz.

Er reichte mir die Hand. „Darf ich mich vorstellen? Ich bin Kristian. Was machst du hier draußen? Hat dir die Show nicht gefallen?", fragte er.

„Ich bin Jessy", sagte ich und schüttelte seine Hand. „Eure Show hat mir sehr gut gefallen. Ihr habt toll getanzt und es wirkte sehr realistisch."

„Helena ist gut, aber ich hätte lieber mit dir getanzt. Ich habe dich beobachtet. Deine Art, dich zu bewegen, ist geschmeidig, elegant und äußerst erotisch", sagte er und zog eine Augenbraue nach oben.

„Erotisch?", fragte ich und sah ihn überrascht an. Ich mich heute nicht einmal besonders herausgeputzt. Ganz im Gegensatz zu den Girls auf der Party war ich heute eher das Mauerblümchen.

„Ja, erotisch", sagte er. „Picasso hat nicht übertrieben. Du bist wirklich etwas ganz Besonderes."

„Picasso hat dir von mir erzählt?"

„Ja, und er hat noch untertrieben. Du bist ein Traum", sagte er und strich mir eine lose Strähne hinters Ohr. Er ließ seine Finger über meinen Hals wandern, griff er nach meiner Kette und schloss die Finger um den Rubin.

Ich wollte etwas sagen, doch ich brachte kein Wort heraus.

Seine Augen, die im Mondlicht wirklich bernsteinfarben schimmerten, und seine ganze Ausstrahlung nahmen mich gefangen. Es war gerade so, als hätten seine Augen eine hypnotische Wirkung auf mich. Er zog leicht an der Kette, um mein Gesicht nahe an seines heranzubringen. Er sah mir in die Augen, und dann küsste er mich.

Seine Lippen waren weich und geschmeidig. Ich erwiderte seinen Kuss, ich konnte gar nicht anders. Meine Sinne schienen verrücktzuspielen.

Dieser Mann! Dieser Kuss!

„Kristian", flüsterte ich an seinen Lippen. In diesem Moment war er kein Fremder mehr für mich. Da war ein Gefühl der Vertrautheit, als würden zwei Seelen verschmelzen, die zusammengehörten.

Wir küssten uns leidenschaftlich. Langsam drückte er mich mit dem Rücken auf die Bank. Seine Hand wanderte unter meinen Mantel, und ich zuckte zusammen, als seine kalte Hand meine warme Haut berührte. Er streichelte meinen Bauch und seine Finger spielten mit meinem Bauchnabelpiercing. Dann küsste er meinen Hals und knabberte an meinem Ohr. Und, es war verrückt, aber ich sehnte mich danach, seine Zähne an meinem Hals zu spüren.

Oh Gott, beiss mich bitte, dachte ich.

Er schien meine Gedanken zu lesen, denn plötzlich biss er mich.

Seine Bisse wurden fester und wilder.

Mein ganzer Körper schien zu beben. Er biss mich mit solch einer Leidenschaft, dass ich jeden Moment damit rechnete, dass er mein Fleisch durchbrechen würde. Gedankenfetzen des Traumes tauchten vor meinem geistigen Auge auf und rüttelten mich wach.

„Nein", flüsterte ich und drückte ihn langsam von mir.

Er setzte sich auf und blickte mich an.

Zitternd lag ich vor ihm. „Wer bist du?", fragte ich.

„Ich bin der Mann deiner Träume, dein Schicksal!"

Du bist wirklich der Mann meiner Träume, dachte ich. Schweigend sah ich ihn an.

Auch er sprach kein Wort, beugte sich stattdessen zu mir hinunter, gab mir einen zärtlichen Kuss und zog mich dann von der Bank hoch. „Komm, lass uns zurück zu den anderen gehen", sagte er, nahm meine Hand, und schweigend gingen wir zurück zur Villa.

*

Als Josie uns gemeinsam hereinkommen sah, kam sie auf uns zu. Sie zog mich beiseite und grinste mich an. „Was war das denn eben? Seid ihr da gerade Hand in Hand hereingekommen? Was habt ihr da draußen gemacht?", fragte sie aufgeregt.

„Ach nichts", sagte ich und grinste sie an. „Wir haben nur geredet und uns geküsst."

„Was? Ihr habe euch geküsst?"

„Ja, Kristian ist wirklich ein Traum", sagte ich. Es gab da eine Verbindung zwischen uns, die ich nicht leugnen konnte, so verrückt sich das auch anhören mochte.

Kristian war zwischenzeitlich hinter dem DJ-Pult verschwunden. Er wechselte ein paar Worte mit dem DJ und betrat gerade sie Mitte der Tanzfläche, als das Licht erneut ausging. Kristian schien geradezu durch die Nebelschwaden zu schweben. Er blieb stehen und gab mir ein Zeichen, zu ihm zu kommen.

Als ich langsam auf ihn zuging, dröhnten bereits die ersten Takte von „Tito & Tarantulas – After Dark" aus den Lautsprechern.

Er streckte die Hand aus, ich griff zu, und er zog mich in seine Arme.

Ich liebte dieses Lied und wollte mit ihm tanzen. Eng umschlungen bewegten wir uns zum Rhythmus der Musik.

Immer wieder ließ er die Fingerspitzen über meinen Hals wandern und zauberte mir eine Gänsehaut. Mit einem schnellen Griff zog er mir den Mantel aus, drehte mich um die eigene Achse und warf meinen Mantel in eine Ecke. Er legte die Hände auf meine Hüften, ließ seine Finger über meinen Körper wandern.

Mit seinen Berührungen brachte er jeden Zentimeter meines Körpers zum Vibrieren. Ich nahm nichts mehr um uns herum wahr.

Dann war der Song zu Ende, und wir verschwanden in den Nebelschwaden, während die Zuschauer euphorisch Beifall klatschten.

Gemeinsam gingen wir an die Bar, um uns etwas zu trinken zu holen.

Picasso kam mit Josie im Arm zu uns. „Eine heiße Show habt ihr da abgezogen. Wir gehen auf Besichtigungstour durch die Villa. Vielleicht habt ihr Lust, uns zu begleiten?"

Natürlich wollte ich dieses herrliche Haus besichtigen. „Ich würde euch gerne begleiten", sagte ich und sah Kristian an.

Er nahm meine Hand, und führte uns durch eine Seitentür in einen kleinen Flur, dem wir folgten. Zu unserer Rechten öffnete er eine Tür, die in einen großen Speisesaal führte. Auch hier herrschte das gleiche elegante Flair wie in den übrigen Räumen.

In der Mitte stand ein großer antiker Tisch mit Stühlen. Die Decke zierte ein Kronleuchter, und am anderen Ende des Raumes befand sich ein großer, offener Kamin. Die Einrichtung war zweifellos sehr kostbar. Wir durchquerten den Raum, durch eine kleine versteckte Tür kamen wir zu einer steinernen Wendeltreppe. Wir gingen hinunter und gelangten in ein großes Kellergewölbe.

„In diesem Haus kann man bequem drei Horrorfilme drehen, und jetzt geht's bestimmt in die Folterkammer", sagte Josie lachend.

„Schade, dass ich meine Kamera nicht dabei habe. Hier würde ich zu gerne Fotos machen", sagte ich.

Kristian nahm eine Fackel von der Wand, entzündete sie und öffnete die Tür am Treppenende. Langsam erhellte der Schein den Raum. Wir standen in einem gewölbeartigen Raum, in dessen Mitte drei große Sarkophage standen. Sie sahen sehr alt aus. In den Seitennischen gab es Platz für weitere Särge.

Spinnweben und Staub bedeckten jede Ecke und jeden Winkel in der alten Gruft.

„Dies ist die letzte Ruhestätte der Grafen von Rubeae", sagte Kristian.

Josie und Picasso setzten sich lachend auf einen der Sarkophage. „Ich würde den Toten jetzt gern mal so richtig einheizen", sagte Picasso und warf Kristian einen Blick zu. Dieser nickte wissend.

Kristian zog mich in Richtung der Treppe. „Komm, ich muss dir etwas zeigen", sagte er.

Wir verließen die Gruft und gingen allein zurück nach oben. Im oberen Stockwerk angekommen, liefen wir durch mehrere Räume und Flure. Die Musik von unten drang nur noch leise zu uns durch. Vor einer großen Flügeltür hielten wir an. Kristian ergriff beide Türklinken, drückte sie herunter und stieß die Türen auf. Wir gingen hinein, und was ich sah, übertraf all meine Erwartungen.

Eine Bibliothek.

Über zwei Etagen stapelten sich unzählige Bücher, und ein vertrauter, modriger Geruch lag in der Luft.

Ich schritt die Reihen auf und ab. Es gab Bücher aus allen Epochen und zu jedem nur erdenklichen Thema. Ich entdeckte alte, unbezahlbare Bücher. Diese Bibliothek musste wahnsinnig wertvoll sein. Mein Herz machte Sprünge, so aufgeregt war ich.

Kristian kam auf mich zu und nahm mich in den Arm. „Ist mir die Überraschung gelungen?", fragte er.

„Ja, und wie. Woher wusstest du, dass ich alte Bücher liebe?", sagte ich und strahlte ihn an.

„Das hat mir ein kleines Vögelchen gezwitschert. Komm, ich habe noch eine Überraschung für dich", sagte er und führte mich über eine Wendeltreppe auf die Empore.

Auch hier stapelten sich die Bücher bis unter die Decke. Am Ende des Gangs befand sich eine Nische, die mit schwarzen Samtvorhängen eingerahmt war. In der Mitte stand ein Pult, auf dem ein großes Buch lag.

Ich sah mich um und stellte überrascht fest, dass all diese Bücher von Magie und Hexerei handelten. Ich entdeckte Bücher, deren Existenz angezweifelt wurde, doch hier standen sie. Reihe an Reihe.

Es war faszinierend.

Ich trat an das Pult, an dem Kristian inzwischen stand. Er hatte das Buch geöffnet und blätterte darin.

Ich betrachtete es. Es handelte sich um ein Grimoire, ein Zauberbuch zur Dämonen- und Totenbeschwörung. Ich sah einige mir bekannte Rituale. Alle handgeschrieben, und dies sicher schon vor sehr langer Zeit.

Kristian hatte mittlerweile eine Seite aufgeschlagen. Als ich sah, welche, stockte mir der Atem.

Liber Stella Rubeae – Ritus des Rubinsterns, stand dort in alter, handgeschriebener Schrift. Ich überflog den Text. „Was zum …", mehr bekam ich nicht heraus. „Ich kenne diesen Text, doch diese Ausfertigung enthält mir unbekannte Passagen und sogar private Notizen", sagte ich.

„Die Grafen von Rubeae bewohnen dieses Anwesen seit über 700 Jahren", sagte Kristian. „Der erste Rubeae war ein mächtiger Magier. Mithilfe eines Rituals wollte er Unsterblichkeit erlangen. Irgendetwas musste gewaltig schiefgegangen sein, und er bezahlte diesen Fehler mit seinem Blut. Er bekam die Unsterblichkeit, aber nicht in der Weise, wie er sie sich erhofft hatte. Statt nur sich allein zu verdammen, verfluchte er all seine männlichen Nachkommen und legte den Fluch des Rubinsterns auf sie", sagte er. „Du weißt, was für ein Fluch das ist, oder? Er wurde zu einem Untoten, zu einem Vampir." Kristian nahm meinen Sternrubin in die Hand. „Wissentlich oder unwissentlich hast du deinen Stein dem Ritus des Rubinsterns geweiht und mich dadurch gerufen. Der Rubinstern hat mich zu dir geführt, um dir die Unsterblichkeit der Rubeae zu geben", sagte er.

„Ich? Ich, aber …", mehr brachte ich nicht heraus. Meine Gedanken überschlugen sich. Was meinte er damit, dass ich ihn gerufen hätte? Wollte er mir allen Ernstes sagen, dass er wirklich ein Vampir war?

„Ja, du. Du hast mich gerufen. Ich habe dich im Traum gesehen und ich wusste, dass ich dich finden muss. Du hast mich gerufen, und du bestimmst den Zeitpunkt, wann du die Unsterblichkeit durch mich empfängst", sagte Kristian gerade, als unten die Tür aufging, und Picasso nach uns rief. „Hey, ihr Bücherwürmer. Wir wollen los. Es ist bereits spät. Ich muss Josie in ihr Bett bringen."

Wortlos gingen wir nach unten und folgten den beiden nach draußen. Bevor wir am Auto ankamen, zog Kristian mich beiseite.

„Ich weiß, das ist alles sehr verwirrend für dich. Ich werde dich zu nichts zwingen und dir die Zeit lassen, die du brauchst." Er sah, dass ich ziemlich durcheinander war, und zog mich in die Arme. „Schlaf erst einmal eine Nacht darüber. Ich komme morgen Abend zu dir, dann reden wir in Ruhe über alles."

„Und Josie, was ist mit Josie?", fragte ich.

Er schüttelte den Kopf. „Sie hat nicht die Möglichkeit zu wählen, aber mach dir keine Sorgen um sie. Picasso ist verrückt nach ihr. Er hat sich längst entschieden, er will sie an seiner Seite." Dann küsste er mich mit einer Leidenschaft, die mich erschaudern ließ.

Völlig durcheinander stieg ich ins Auto, und wir fuhren nach Hause.

*

Zu Hause angekommen zog ich mich mit einer Flasche Wein und düsterem Sound in mein Schlafzimmer zurück. Ich ließ den Abend vor meinem geistigen Auge Revue passieren. Ich sah Kristians Gesicht vor mir. Spürte immer noch seine Gegenwart, die Leidenschaft seiner Küsse und die Liebkosungen seiner Hände.

Ich bin der Mann deiner Träume. Du hast mich gerufen, hallten seine Worte durch meine Gedanken. Hatte ich ihn wirklich gerufen?

Zweifellos verkörperte er alles, was ich begehrte. Genauso hatte ich mir meinen Vampir immer erträumt.

Der Rubinstern hat mich zu dir geführt, waren seine Worte.

Vampire faszinierten mich. Ich fühlte mich zu ihnen hingezogen, mit ihnen verbunden.

Doch konnte Kristian wirklich ein Vampir sein? In den Tiefen meiner Seele wusste ich, dass sie existierten, doch nun, als er sich mir offenbart hatte, konnte ich es nicht glauben.

Ich war verwirrt.

Mein Hirn schien wie leer gefegt.

Wieder kamen mir Kristians Worte in den Sinn: Du bestimmst den Zeitpunkt, an dem du die Unsterblichkeit durch mich empfängst. Ich werde dich zu nichts zwingen und dir die Zeit lassen, die du brauchst. Die Grafen von Rubeae bewohnen diese Villa seit über 700 Jahren!

Er wohnte dort, also musste er ein Nachkomme der Rubeae sein. Wenn ich nun eins und eins zusammenzählte, musste Kristian ein Vampir sein. Und was war mit Picasso?

Laut Kristian hatte sich Picasso bereits für Josie entschieden. Und diese Helena musste auch zu ihnen gehören.

Wer waren die?

Verwandlungskünstler, die sich als Vampire ausgaben, oder Vampire, die Verwandlungskünstler spielten?

Das kam mir bekannt vor. Wie im Theater der Vampire. Blutsauger, die sich selbst spielten, was zweifellos eine gute Tarnung war.

Und was war mit Josie? Sollte ich sie informieren? Sie empfand etwas für Picasso. Hatte sie erkannt, was er war? Ich schenkte mir noch etwas Wein ein und ging hinaus an die frische Luft. Es war bereits vier Uhr morgens, und die Stadt unter mir schlief ahnungslos und unwissend. Doch was interessierten mich die Menschen, dort unten war sich jeder selbst der Nächste. Keinem würde es auffallen, wenn ich nicht mehr hier wäre. Einigen von meinen Freunden vielleicht, Josie und Denice meine besten Freunde, sie waren alles, was ich hatte. Mein Ex war froh, dass er mich los war, und zu meiner Familie hatte ich nicht viel Kontakt, jeder lebte sein eigenes Leben.

Na, toll ... jetzt war ich wieder an dem Punkt angekommen, an dem sich Wut und Depression die Hand reichten.

Nein!

Das wollte ich nicht. Ich wollte mich nicht noch weiter runterziehen. Ich hatte den Mann meiner Träume kennengelernt, auf welchem Weg auch immer, sei es nun Zufall oder Magie gewesen. Ich empfand etwas für ihn. Schon seit er mir im Traum erschienen war, das wurde mir jetzt bewusst.

Und jetzt stand ich hier, allein … und konnte den Abend nicht erwarten, wenn ich ihn wiedersah.

Ich ging hinein, räumte alles weg und legte mich ins Bett. Noch lange hing ich meinen Gedanken an ihn nach, bis ich endlich einschlief.

*

Gegen elf Uhr klingelte mein Wecker. Ich stand auf und machte mir gerade Frühstück, als es an der Tür klingelte. Ich ging zur Gegensprechanlage. „Ja bitte", sagte ich.

„Hallo Jessy, ich bin es Denice." Ich drückte auf den Knopf, um zu öffnen und ging zurück in die Küche. Ich nahm eine Tasse für Denice aus dem Schrank und schenkte gerade ein, als sie zu mir in die Küche kam.

Wir begrüßten uns, gingen ins Wohnzimmer und ich erzählte ihr alles über die Party und meine Begegnung mit Kristian. Mit ihr konnte ich auch über magische Themen reden. Geduldig hörte sie sich alles an. „Ich glaube, dass du durch die Weihe des Sternrubins eine Pforte geöffnet hast", sagte Denice. „Du hast sozusagen ein Notsignal geschickt, und Kristian hat es empfangen. Wahrscheinlich hat er deine Leidenschaft für Vampire gespürt. Dein Unterbewusstsein hatte ja schon immer eine sehr starke Verbindung zu Vampiren. Du hast gerufen und er ist deinem Ruf gefolgt. Du solltest alles auf dich zukommen lassen. Warte ab, was heute Abend passiert", sagte sie.

Denice Worte beruhigten mich etwas. Abwarten! Ja, ich wollte erst einmal alles auf mich zukommen lassen. Vielleicht klärte sich alles von selbst.

Nachdem wir unsere Kaffeetassen gelehrt hatten, beschlossen wir, in die Stadt zu gehen.

Kurze Zeit später standen wir in einem großen Einkaufszentrum, und Denice stürmte auch gleich das erstbeste Schmuckgeschäft. Sie hatte einen Fimmel für alles, was glänzte und glitzerte.

Wenig später betraten wir einen Klamottenladen und mein Blick fiel auf ein knielanges Kleid mit Spitzenbesatz, Trompetenärmeln, verführerischem Carmen-Ausschnitt und Raffung im Brustbereich. Ich ging in die Umkleidekabine, um es anzuprobieren. Es saß perfekt. So entschloss ich mich, es zu kaufen.

Anschließend besuchten wir unsere Lieblingspizzeria, um bei einem leckeren Essen die Seele baumeln zu lassen. Es war bereits fünfzehn Uhr durch, als wir das Lokal verließen.

Auf dem Marktplatz lief uns Isabell über den Weg.

„Hallo Isabell", rief ich und winkte sie zu uns herüber.

Doch sie hatte anscheinend anderes im Sinn.

„Sorry, ich habe jetzt keine Zeit für euch. Ich habe wichtigeres vor!", schrie sie, speiste uns schroff ab und ließ uns einfach links liegen.

Ich warf Denice einen stummen Blick zu, den sie erwiderte. Ich hasste diese Art an Isabell. Sie war der Inbegriff einer Zicke und hatte sich uns gegenüber schon oft genug unmöglich benommen. Sie hatte Denice sogar schon einmal den Freund ausgespannt. Isabell nutzte unsere Gutmütigkeit immer wieder schamlos aus, wir ließen ihr ja alles durchgehen. Noch. Zurzeit war es wieder besonders schlimm mit ihr. Anscheinend hatte sie einen Neuen, und somit waren wir ihr erst mal wieder egal.

Wir sahen wieder einmal über ihr Verhalten hinweg und machten uns auf den Heimweg. Vor meiner Wohnung angekommen, verabschiedeten wir uns und Denice fuhr nach Hause.

*

Nach meiner Rückkehr, hatte ich mich mit einem Buch auf die Couch verzogen. Die Zeit verging wie im Flug. Ich ging duschen, schminkte mich und zog das neue Kleid an. Nach einem Blick in den Spiegel war ich rundum zufrieden, da ging auch schon die Türklingel. Ich öffnete und stellte verwundert fest, dass Kristian nicht allein gekommen war. Er hatte Picasso und Josie im Schlepptau.

Er begrüßte mich mit einem Kuss.

„Macht es dir etwas aus, wenn die beiden uns begleiten?", fragte er mit gedämpfter Stimme.

Eigentlich wäre ich lieber mit ihm allein gewesen, ich ließ mir aber nichts anmerken.

„Nein", sagte ich und begrüßte die beiden.

Josie fiel sofort das neue Kleid auf. „Wow, ein neues Kleid? Wo hast du das denn her?", fragte sie.

„Ich war heute mit Denice in der Stadt. Wir waren bummeln, Geld ausgeben und bei unserem Italiener. Wir haben Isabell getroffen und Madame hat mal wieder die Zicke raushängen lassen", sagte ich.

Dann machten wir uns auf den Weg. Wohin es ging, verriet Kristian nicht, es sollte eine Überraschung werden. Picassos lenkte seinen Wagen ins Industriegebiet, wo wir vor einem verlassen wirkenden Bau hielten. Wir stiegen aus und steuerten auf eine große, alte Eisentür zu, über der in Leuchtreklame ‚Merlins Home' stand.

Picasso öffnete uns die Tür und bat uns herein. Breite Stufen führten nach unten und mündeten in ein Gewölbe, das im mittelalterlichen Stil eingerichtet war. In der Mitte des Raumes stand ein großer runder Tisch, der an König Arthurs Tafelrunde erinnerte. Umrundet wurde er von kleinen Tischen und Bänken, die in den Seitennischen standen. Ritterrüstungen, Wappenschilde, Schwerter und andere Waffen zierten die Wände. In einer Ecke stand ein alter Hexenkessel samt Utensilien. Wir setzten uns in eine der Nischen.

Die Atmosphäre war fantastisch, und stilecht drangen die Klänge von Corvus Corax aus den Lautsprechern. Die Bedienung, die im Stil einer mittelalterlichen Magd gekleidet war, brachte uns die Karte. Es gab allerlei mittelalterliche Köstlichkeiten, wie es sich für solch eine Lokalität geziemte. Während wir Frauen zwei Becher Met orderten, bestellten sich die Männer, wie sollte es anders sein, zwei Becher Jungfrauenblut. Ich fühlte mich wohl in dieser Atmosphäre und in Kristians Gegenwart.

Josie zog Picasso auf die kleine Tanzfläche, und Kristian und ich waren endlich allein.

Er nutzte die Gelegenheit, zog mich in seine Arme, und wir küssten uns lange. „Wie hast du geschlafen? Hast du dich schon entschieden?", fragte er.

„Ich habe lange nachgedacht, und …" Mein Gott, ich wusste nicht, wie ich mich ausdrücken sollte. „Du verkörperst wirklich alles, was ich mir je erhofft hatte, aber das kommt alles sehr schnell. Bitte, lass mir noch etwas Zeit. Ich kann so etwas nicht von heute auf morgen entscheiden."

Als ich ihm in die Augen sah, kam ich mir vor, als hätte ich ihm ein Messer ins Herz gestoßen. In diesem Moment hatte er nichts Wildes an sich, er sah einfach nur enttäuscht und verletzt aus. Ich konnte nicht ertragen ihn so bedrückt zu sehen. Ich küsste ihn zärtlich und versuchte, all meine Emotionen in diesen einen Kuss zu legen.

Im selben Augenblick kamen Picasso und Josie zurück an den Tisch. „Josie und ich wollen noch zu einem alten verlassenen Friedhof, wie sieht es aus? Habt ihr Lust, mitzukommen?", fragte Picasso.

Kristian sah mich fragend an, und sein Blick ging mir durch und durch. Auf einen Friedhof? Mit ihm? Wieder sah ich die Szenerie des Traums vor meinem geistigen Auge. Ich, an den Baum gelehnt. Ich spürte, wie er seine Arme um mich legte. Seine Lippen an meinem Hals, und ich spürte die Leidenschaft, die er in mir entfacht hatte. Obwohl nur Sekunden vergingen, kam es mir vor wie eine Ewigkeit, als Picassos Stimme mich aus meinen Gedanken riss.

„Jessy, Jessy", rief er und lachte.

Ich lief vermutlich hochrot an und musste ebenfalls lachen. „Wir kommen gern mit", sagte ich gerade, als die Bedienung neue Becher auf den Tisch stellte. Wir prosteten uns zu.

Kristian sah mich an und lächelte zufrieden. Er sah einfach umwerfend aus. Die Traurigkeit war aus seinem Gesicht gewichen, und mit seinen langen offenen Haaren sah er wirklich verführerisch aus. Seine hellen bernsteinfarbenen Augen strahlten mich an, und seine Lippen versprachen sinnliche Freuden.

Wir leerten die Becher. Picasso rief nach der Bedienung, um zu bezahlen. Dann verließen wir die Kneipe und gingen zum Auto. Picasso und Josie gingen ein Stück vor uns her, als Josie plötzlich stehen blieb.

„Warum bleibt ihr stehen?", fragte Kristian und stieß Picasso von hinten gegen den Rücken.

„Da ist Jessys Ex mit Isabell!", sagte Josie leise.

Jetzt fiel mein Blick auf zwei Personen, die in eindeutiger Weise miteinander herummachten. Es traf mich wie ein Vorschlaghammer. Wie angewurzelt stand ich da und versuchte, die Gedanken zu ordnen, die mir durch den Kopf schossen.

Josie sprach aus, was ich dachte. „Dieses Miststück! Erst spannt sie Denice den Freund aus, und jetzt ist Jessys Freund dran. Diese Schlampe macht vor nichts Halt."

Ich ließ Kristians Hand los und ging auf die beiden zu.

Sie sahen mich kommen und lösten sich voneinander. Tom wirkte nervös, doch Isabell verzog keine Miene. Ich blieb vor den beiden stehen.

„Wie lange läuft das schon zwischen euch? Hast du mich etwa ihretwegen abserviert?", fragte ich Tom.

Isabell ließ ihn gar nicht erst zu Wort kommen. „Das zwischen uns läuft schon seit Wochen. Tom passt viel besser zu mir als zu dir. Du lebst doch nur in deiner verrückten Vampir-Traumwelt, du hast ihn gar nicht verdient", sagte Isabell.

„Miststück", sagte ich, ballte die Faust und verpasste Isabell einen so heftigen Schlag, dass sie zu Boden ging.

Keine Sekunde später setzte sich Kristian in Bewegung, denn Tom hatte mich an den Schultern gepackt und gegen sein Auto geschleudert. Augenblicklich war Kristian bei uns und hatte Tom am Kragen gepackt. Da Kristian größer war, wirkten Toms Versuche, sich aus dessen Griff zu befreien, eher wie das hilflose Zappeln eines Fisches an einer Angel.

Isabell richtete sich wieder auf. Sie war noch benommen von meinem Schlag und ging vorsichtshalber auf Distanz.

„Verpisst euch, ihr Wichser", sagte Kristian, während seine Augen vor Zorn glühten. Kristian gab Tom einen leichten Stoß, der einige Meter weit zurücktaumelte. Er verlor das Gleichgewicht und setzte sich unsanft auf den Hintern.

Kristian nahm mich in den Arm und führte mich zum Wagen. Wir stiegen ein und fuhren los.

„Hast du dir wehgetan? Ist alles in Ordnung?", fragte Kristian besorgt.

„Nein, alles ist gut. Ich bin nur wütend und enttäuscht. Aber ich freue mich über das Veilchen, das Isabell morgen wahrscheinlich haben wird", sagte ich und schmiegte mich an Kristian.

„Willst du nach Hause, Jessy? Ich würde es verstehen, wenn du nicht mehr zum Friedhof willst?", fragte mich Picasso.

„Nein, ist schon in Ordnung. Ich will nicht nach Hause. Ich lasse mir den Abend nicht verderben, wir fahren auf jeden Fall zum Friedhof."

*

Die Fahrt ging weiter übers Land. Am Waldrand angekommen, bog Picasso in einen verwilderten, unbefestigten Weg ein. Auf der rechten Seite konnte ich bereits die Mauern des Friedhofs erkennen. Vor einem großen Tor, dessen Türen aus den Angeln hingen, hielt er an und stiegen aus.

Josie war total euphorisch. Sie konnte es wohl nicht erwarten, mit Picasso allein zu sein.

Wir betraten durch das baufällige Tor den verwilderten Gottesacker. Die Gräber waren sehr alt, zum Teil umgestürzt oder beschädigt. Der Boden war mit Efeu und Moos überwuchert. Ebenso die zahlreichen Grabsteine und Bäume um uns herum. Wir gingen den Mittelgang entlang und entdeckten zahlreiche Engelsstatuen, keltische Kreuze und versteckte Grüfte oder Mausoleen. Der Mond tauchte alles in einen zarten silbernen Schleier, sodass eine bemerkenswerte Atmosphäre entstand.

Ich blieb stehen, legte meine Arme um Kristians Hals und küsste ihn.

Josie und Picasso liefen weiter um sich ein passendes Plätzchen für ihr Liebesspiel zu suchen.

Dann blickte ich ihn an. Er hatte mich fest in seien Arme gezogen. Ich spürte die enge Verbundenheit zwischen uns. Er würde mich nie enttäuschen oder gar verlassen, sondern immer für mich da sein, denn wir waren füreinander bestimmt. Kristian vereinte mehrere Extreme in sich. Einerseits war er zärtlich und liebevoll, andererseits brannte Zorn und Wut in ihm. Und dann war da diese enorme Leidenschaft in ihm. Ich hatte die erwachende Lust in ihm gespürt, als er mich auf der Bank im Pavillon geküsst hatte und seine Zähne immer fester in mein Fleisch gegraben hatte.

Ich löste mich aus seinen Armen und blickte ihn an. Er verkörperte alles, was ich je wollte. Ja, er war perfekt. Und dann war plötzlich alles klar, ich hatte mich entschieden.

Für ihn!

Ich nahm seine Hand und zog ihn hinter mir her. Querfeldein liefen wir über den Efeubedeckten Boden.

Abrupt blieb ich stehen. „Warte! Da vorn sind Josie und Picasso. Sie haben anscheinend schon ein passendes Plätzchen gefunden", sagte ich. „Wow, die Atmosphäre ist genauso wie in meinem Traum." Picasso saß mit dem Rücken gegen den Grabstein gelehnt, während Josie auf seinem Schoss saß. Nein, sie saß nicht nur auf seinem Schoss. Sie schliefen miteinander. „Oh, sie sind wohl schon voll dabei. Wir sollten sie nicht stören", sagte ich, doch augenblicklich zog mich Kristian an sich und legte mir von hinten die Hand auf den Mund.

„Sieh hin und genieße, was du siehst!", flüsterte er mir, wie in meinem Traum, ins Ohr. Ich blickte wieder in Josies und Picassos Richtung.

Picasso hatte ihr mittlerweile, wie im Traum, die Bluse ausgezogen. Mit nacktem Oberkörper lag sie in seinen Armen und küsste seine nackte Brust, während sie ihr Becken schnell vor und zurück bewegte.

Kristian ließ seine Hand nach oben zu meiner Brust wandern. Sanft ließ er seine Finger über meine Brustwarze wandern. Unter seinen Berührungen wurde sie sofort fest. Ein Stöhnen kam über meine Lippen, doch seine Hand erstickte jeden Laut.

Auch Josies Stöhnen drang zu uns herüber, da Picasso begonnen hatte sie zu beißen.

Kristian tat es ihm gleich und begann damit meinen Hals abwechselnd mit Küssen und Bissen zu überziehen.

Zu beobachten wie Josie und Picasso miteinander schliefen und dabei Kristians Bisse zu spüren, versetzte mich in unvorstellbare Ektase.

Plötzlich glitt Kristian mit der anderen Hand unter mein Kleid, schlüpfte in mein Höschen und schob seine Finger zwischen meine Beine. Als er mein bereits gereiztes Fleisch berührte, zuckte ich zusammen. Gekonnt ließ er seine Finger über meine Klitoris wandern. Immer schneller reizte er mich.

„Komm für mich, mein Schatz", sagte er und dann kam ich. In Wellen überschwemmte mich mein Orgasmus. Als mein Stöhnen nachließ, drehte mich Kristian zu sich herum und küsste mich.

Er fühlte sich so gut an und ich wollte ihn ganz. Ich griff seine Hand und steuerte ein Mausoleum zu. Dort angekommen blieb ich vor der Tür stehen und versuchte, sie zu öffnen, doch sie war verschlossen. Mit einem durchdringenden Blick sah ich Kristian an.

Er wusste, was zu tun war und stemmte die verschlossene Pforte mit Leichtigkeit auf.

Der Weg war frei. Wir gingen hinein. Das Innere des Mausoleums wurde durch

Grablichter erhellt. Anscheinend schien sich immer noch jemand um die alten Gräber zu kümmern. Die Wände zierten Gedenktafeln, und am hinteren Ende führte eine schmale Treppe nach unten. Zielstrebig zog ich Kristian hinter mir her und ging hinunter in die Krypta. Hier brannten ebenfalls unzählige Grablichter. Mitten in dem Raum stand ein alter Steinaltar. Auch hier hatte man Nischen in die Wände geschlagen, in denen alte Särge standen.

Meine Aufmerksamkeit jedoch galt dem Steinaltar. Ich blieb davor stehen, zog Kristian zu mir herum und stieß ihn auf die staubbedeckte Platte.

Er wusste nicht, wie ihm geschah, und sah mich verdutzt an, als ich mich auf ihn setzte. Ich drückte seinen Oberkörper auf den kalten nackten Stein, griff nach seinem Hemd und zerriss es mit einem kräftigen Ruck. Jetzt lag er mit nacktem Oberkörper vor mir. Ich beugte mich nach vorn, ganz nah an seinen Bauch und begann, langsam jeden Zentimeter seines Körpers zu liebkosen. Ich ließ meine Nägel über seine Brust gleiten und zog mit meiner Zunge eine heiße Spur über seine Brust.

Er hatte die Augen geschlossen, bäumte sich jedoch immer wieder auf, wenn ich sanft in seine Brustwarzen biss. Ein leises Stöhnen kam über seine Lippen. Er legte die Hände auf meine Hüften und glitt hoch bis zu meinem Hals. Er griff in meinen Nacken und wollte gerade meinen Kopf zur Seite ziehen, um meinen Hals freizulegen, als ich mich abrupt aufsetzte.

So schnell wollte ich die Führung nicht abgeben. Ich umschlang seine Handgelenke und drückte sie über seinem Kopf gegen den kalten Stein. Dann küsste ich ihn und schmiegte mich leidenschaftlich an ihn.

Ich hob den Kopf und sah ihn voller Verlangen an. Ich ließ meine Zunge in Richtung seiner Halsbeuge wandern und küsste die pulsierende Ader unterhalb seines Ohrs. Ich küsste und biss ihn abwechselnd. Immer fester vergrub ich meine Zähne in seinem Fleisch.

Kristian zuckte immer wieder zusammen. Sein Oberkörper bäumte sich auf, und aus seinem Mund drang ein heiseres Stöhnen.

Ein Gefühl durchströmte mich, ein Gefühl, dass ich so sehr vermisst hatte. Es war schon immer meine große Leidenschaft gewesen, zu beißen, und ich liebte es, gebissen zu werden. Es hatte etwas Wildes, Animalisches. Ich spürte, wie er sich unter mir aufbäumte, mein Biss brachte sein Blut in Wallung.

Kristian stöhnte, und seine Nägel vergruben sich in meinem Rücken. Dann packte er mich, riss mich mit einem Ruck herum, kam auf mir zum Liegen und begann, mich stürmisch zu küssen. Seine Lippen glitten zu meinem Hals. Auch er küsste und biss mich, erst zärtlich, dann immer leidenschaftlicher.

Ich vergrub meine Finger in seinem Haar, während unsere Körper vor Begierde bebten. Er ließ seine Lippen über meinen Hals wandern und ging dann zu meinem Dekolleté über.

Langsam zog er mir das Oberteil meines Kleides bis zu den Hüften hinunter. Der kühle Stein in meinem Rücken stand in starkem Kontrast zu seinen heißen Küssen, mit denen er mich regelrecht in Flammen setzte. Ich zog ihm Hemd und Mantel aus und griff zum Verschluss seines Gürtels. Ich öffnete ihn und befreite sein bestes Stück aus dem bereits ohnehin zu eng gewordenen Gefängnis.

Ich umschloss sein Glied mit meinen Fingern und begann ihn mit rhythmischen Bewegungen zu stimulieren. Immer heftiger stöhnte er an meiner erhitzten Haut. Seine Begierde erfasste mich und brannte in meinem Innerem. Ich musste ihn spüren. „Kristian, bitte schlaf mit mir", flehte ich ihn an. Mein Körper stand in Flammen, und nur er konnte dieses Feuer löschen.

Er ließ seine Hand unter meinen Rock gleiten, bekam mein Höschen zu fassen und riss es mir regelrecht vom Leib. Er brachte sich in Position und drang in mich ein.

Er füllte mich ganz und gar aus. Mit einem heftigen Stöhnen bäumte ich mich auf. Kristian liebte mich in einer Intensität und Leidenschaft, die mir die Tränen in die Augen trieb. So viel

Leidenschaft wie mit ihm hatte ich nie zuvor verspürt.

Ich vergrub mit festen Bissen meine Zähne in seinem Hals. Meine Bisse schien das Tier in ihm zu wecken. Wild sah er mich an. Seine Augen hatten nichts Menschliches mehr. Mittlerweile leuchteten sie wie flüssiger Bernstein. Er lächelte, und hinter seinen vollen Lippen erkannte ich lange, spitze Fänge.

Ich sah die Gier in seinen Augen, die Gier nach meinem Blut. In diesem Moment wünschte ich mir nichts sehnlicher, als zu spüren, wie seine Zähne mein Fleisch durchbrachen und er von mir zu trinken begann.

„Tu es! Jetzt!", sagte ich und drehte meinen Kopf zur Seite.

Langsam ließ er die Spitzen seiner Fänge über meine erhitzte Haut gleiten, während er mich mit festen Stößen regelrecht pfählte. „Kristian bitte, quäl mich nicht so. Beiss mich!"

Ohne ein weiteres Zögern schlug er die Fänge in mein Fleisch. Mit einem kurzen Schmerz durchbrach er die dünne Haut an meinem Hals und begann mein Blut zu trinken. Augenblicklich kam ich. Wellen der Ekstase erfassten mich und überrollen mich regelrecht. Sie schienen auch Kristian zu erfassen, der zeitgleich mit mir kam und in immer fester werdenden Zügen von mir trank.

In mir erwachte eine dunkle Begierde, die Raum und Zeit aufhob und mich davontreiben ließ, in ein anderes Leben, ein Leben mit anderen Gesetzen.

Ich wurde eins mit der Finsternis und ihren Begierden!

>
> Folge meinem Ruf,
> du Kind der Nacht!
> Lass uns zweisam einsam
> mit den ewigen Tiefen
> der Finsternis
> Eins sein!

Ende

Begierde

Nur die Tür in meinem Rücken trennte mich von den tanzenden und feiernden Menschen. Dumpf dröhnte der Bass der Musikanlage bis in den kleinen Abstellraum, in den er mich gezogen hatte. Die Rettung war da, auf der anderen Seite, doch ich konnte sie nicht erreichen. Ich versuchte mich aus seinem unnachgiebigem Griff zu befreien, doch meine Versuche blieben vergebens.

Mein Hals schmerzte. Ein warmes Rinnsal lief über mein Dekolletee und dann den Oberkörper hinab.

War es das? War das mein Ende?

*

Der Abend begann gut. Ich hatte endlich mal wieder ein Wochenende frei. Jana, Gisel und ich stürmten den Club voller Vorfreude auf das Kommende. Der Club wurde durch ein kühles Fabrikambiente und einen Mix aus Metal und Stahl hervorragend in Szene setzte. Ich liebte den hämmernden Bass der Industrial Mucke, der in jede meiner Poren drang. Wir tranken, tanzten und tauschten uns im Klo über die Männer aus. Ich zog meinen Lippenstift nach und zog los, um erneut nach meinem Traumtypen zu fahnden.

Ich suchte nach jemandem, der ein Feuer in mir entfachte.

Ich betrat die Tanzfläche. Aus den Boxen wummerte Killing Jokes - Love Like Blood. Ich bewegte mich zur Musik, fühlte mich ein in den Rhythmus, schloss die Augen, wiegte mich hin und her.

Von irgendwoher kam das Gefühl beobachtet zu werden und ich öffnete die Augen. Er stand lässig an der Bande und beobachtete mich zu beobachten. Er war ein Traum von einem Mann, groß und schlank, sein langes schwarzes Haar hatte er zu einem Zopf gebunden und an den Seiten ausrasiert. Dazu trug er Lackhose, ein schwarzes Netzhemd und schwere Boots.

Und seine Augen! Wow! Dieses eiskalte Blau war der Wahnsinn. Sie musterten mich, während ich noch ein wenig weiter tanzte, sie folgten mir über die gesamte Tanzfläche. Ich konnte nicht wegschauen.

Als das Lied zu Ende war, ging ich zu Jana und Gisel an den Tisch. Dort angekommen sah ich mich um, aber er war verschwunden. Etwas enttäuscht nahm ich einen Schluck aus meinem Glas.

Den habe ich hier noch nie gesehen. Noch einmal ließ meine Blicke durch den Raum gleiten.

Da stand er, nicht mal drei Meter von mir entfernt an eine Säule gelehnt, und sah mich an.

Er lächelte nicht, sein Gesicht zeigte keine Regung. Er stand einfach nur da und fixierte mich.

Um mich dehnte sich der Raum aus, als wäre wir allein oder als verginge die Zeit immer langsamer. Seine ganze Erscheinung strahlte etwas Dunkles, Geheimnisvolles aus. Sein Blick nahm mich regelrecht gefangen.

Wer war er?

Ein kühler Luftzug erfasste mich, kühlte die Haut in meinen Nacken. Gedankenverloren griff ich mir an den Hals.

„Kommst du mit zur Bar?", brüllte mir Jana direkt ins Ohr und ich schreckte aus meinen Gedanken. „Ich will mir etwas Neues zu trinken holen!"

„Ja, gerne", sagte ich und erhob mich.

Die Bar lag hinter *ihm*. Langsam gingen wir auf ihn zu, je näher ich kam, desto unruhiger wurde ich. Ich spürte seine Blicke auf meinem Körper und ein wohliger Schauer erfasste mich. Mir wurde heiß.

Er sah mich unaufhörlich an, folgte jeder meiner Bewegungen. Und in dem Moment, als ich an ihm vorbeiging, lächelte er.

Erfreut lächelte ich zurück.

An der Theke angekommen, setzte ich mich neben Jana. „Ich kriege zwei Zombies", gab ich die Bestellung auf. Während wir warteten, drehte ich mich unauffällig um, und bemerkte, dass er sich ebenfalls umgedreht hatte und in unsere Richtung blickte. Er zog eine Schachtel Zigaretten aus seiner Brusttasche und zündete sich eine Zigarette an.

Jana war unser Blickkontakt nicht entgangen. „Wow, hast du schon einmal solche Augen gesehen?" Was für ein Wahnsinnstyp. Der ist neu hier, oder?"

„Ja", erwiderte ich und warf ihm erneut einen verstohlenen Blick zu. „Der wäre mir bestimmt aufgefallen."

Langsam blies er den Rauch aus und nahm einen Schluck aus seiner Bierflasche.

„Ich muss mal für kleine Mädchen", sagte ich. Die Toiletten lagen direkt hinter der Bar. Von dem langen, verwinkelten Gang gingen mehrere Türen ab.

Wenig später verließ ich die Toiletten. Er stand lässig an eine Tür gelehnt mitten im Gang. Mir blieb fast das Herz stehen.

„Da ist sie ja, die Schönheit, die die Dunkelheit liebt", sagte er.

Außer uns war niemand hier. Langsam ging ich auf ihn zu, als ich an ihm vorbei wollte, machte er einen Schritt zur Seite und versperrte er mir den Weg.

Dann packte er mich am Arm, zog mich in den nächsten Lagerraum, drückte mich gegen die Tür, drehte meinen Kopf zur Seite und biss zu.

Wie eiserne Klauen lagen seine Hände um meine Oberarme, während er mich mit dem

Rücken gegen die Tür drückte. Ich spürte seine Lippen auf meiner Haut, den Schmerz der Wunde und hörte ihn schlucken. Etwas floss aus mir heraus, ich war ihm vollkommen ausgeliefert, ich merkte, wie mir der Kopf nach hinten sank und er noch mehr trank.

So lange hatte ich davon geträumt einem echten Vampir zu begegnen. Und nun das?

War das das Ende?

Er löste sich von mir. Nur mit Mühe hielt ich mich aufrecht. Sein Gesicht kam meinem gefährlich nahe. Deutlich konnte ich die spitzen Zähne erkennen, das Blut an den Lippen. Das Blau seiner Augen war nun strahlend hell. Er sah mich an, als könnte er nicht genug von mir bekommen.

Er kam näher, drückte sein Becken fest gegen meinen Unterleib. Ich spürte seine Erregung ganz deutlich durch den dünnen Stoff meines Rocks. Genüsslich leckte er sich das Blut von den Lippen. Dann löste er seinen Griff und ließ die Hände über meinen Körper wandern. Er griff nach meiner Bluse und zerriss sie.

Mit nacktem Oberkörper stand ich vor ihm. Seine Finger wanderten von meinem Hals bis zu den Brüsten. Er beugte sich nach vorn, küsste meine Brust und schlug erneut die Zähne in mein Fleisch.

Ein brennendes Verlangen erwachte in mir Ich bäumte mich auf. Ein leises Stöhnen kam über meine Lippen. Ich krallte meine Finger in seine Schultern und warf den Kopf in den Nacken. In festen Zügen trank er von mir. Ich ritt auf dieser Welle heißen Vergnügens, wurde hinübergetragen in eine Welt aus Begierde und Empfindung. Es gab nichts anderes mehr.

Das nächste, woran ich mich erinnere, war, dass meine Knie nachgaben. Er ließ von mir ab, und zog mich in seine Arme. Ich hielt die Augen geschlossen und bemerkte, wie seine Lippen die meinen berührten. Sein Kuss war wild und stürmisch.

Ach, wie süß er sich doch anfühlt, der Kuss des Todes!

Ist es denn der Kuss des Todes?

Oder gibt es etwas anderes, jenseits dieses Kusses, dieser Umarmung, dieses Gefühls?

Noch immer küsste er mich. Ich erwiderte den Kuss. Ich zog ihn an mich, saugte mich an ihm fest, ließ mich von ihm hinübertragen. Meine Arme glitten über seinen Rücken, meine Fingernägel bohrten sich in sein Fleisch. Zitternd und bebend pressten sich unsere Körper gegeneinander.

Er löste sich von mir, seine Lippen wanderten erneut zu meinem Hals. Sie waren kühl, sein Kuss jagte mir eine Welle der Erregung über den Körper. Sanft biss er zu und küsste mich erneut. Heiße und kalte Schauer jagten durch meinen Körper. „Sei mein!", flüsterte er. „Komm mit mir!"

Hatte ich eine Wahl? Sein zu werden und dann was? Vampir werden? Was war die Alternative?

Er würde mich töten. Sich alles nehmen und mich dann liegen lassen wie ein Stück Fleisch.

Ich sah in seine leuchtenden Augen. Ich spürte seinen bebenden Körper an meinem und ich spürte das pochende Verlangen in mir. Ich begehrte ihn, ich wollte, dass er von mir trank, sich alles nahm, was er nehmen wollte. Und ich wollte, dass er mir etwas gab, das nur ein Vampir mir geben konnte. „Ich habe auf dich gewartet", kam es über meine Lippen. „Nimm mich! Ich bin dein"

Langsam drehte ich den Kopf zur Seite.

Er überzog meinen Hals mit zärtlichen Küssen. Seine Zähne fuhren über meine Haut und ich zuckte zusammen.

„Es wird nicht weh tun. Ich würde dir niemals wehtun", sagte er und schlug die Zähne in meinen Hals.

Ich vergoss mein Blut für ihn. Während er von mir trank, durchflossen mich heißes Verlangen, Hingabe und Erregung. Ich hörte auf zu spüren, zu fühlen, zu existieren. Und ich kam, während ich bereits hinüberglitt.

Ich tauchte ein in endlose Dunkelheit und die Finsternis der Begierde!

Ende